Der Tag,
an dem die Männer
Nein sagten

Clare O'Dea

Der Tag, an dem die Männer Nein sagten

Aus dem Englischen
von Barbara Traber

CLARE O'DEA

AUTHOR OF THE NAKED SWISS & THE NAKED IRISH

Mit der Unterstützung von:

Susanne und Martin Knechtli-Kradolfer-Stiftung
www.smkk-stiftung.ch

alliance F

KULTUR NATUR
DEUTSCHFREIBURG

Englischer Originaltitel: Voting Day
Original-ISBN: 978-2-9701445-0-2
ISBN: 978-2-9701445-1-9

Übersetzung: Barbara Traber
Coverfoto: Alamy Stock Foto
Lektorat: Fred Kurer
Layout und Satz: The Fundraising Company Fribourg AG

Clare O'Dea
www.clareodea.com
Erste Auflage: Februar 2021
Gedruckt in der Schweiz von Druckerei Herzog AG

«Jede Zeit hat Lieblingsillusionen,
eine der gehätschelsten unseres Jahrhunderts
ist ‹die moderne Frau›, die beruflich
gleichberechtigte, unabhängige und
erfolgreiche Frau.»

Iris von Roten, «Frauen im Laufgitter», 1958

Für die Frauen von damals und heute

Vorwort

Den Abstimmungssonntag 1. Februar 1959 über das Frauenstimmrecht in der Schweiz, das mit einem Nein-Anteil von 66,9 % verworfen wurde, habe ich erlebt. Da war ich gerade 16 geworden, unmündig und zu «unreif», um zu verstehen, dass dieses Datum für uns Schweizerinnen hätte historisch bedeutsam werden können; noch bis 1971 blieben wir «ein Volk von Brüdern». Ich weiss noch gut, dass auch mein Vater ein Nein in die Urne legte! Ehefrauen könnten ihren Einfluss auf die Männer in den eigenen Wänden geltend machen, und Mütter sollten sich um Haushalt und Nachwuchs kümmern, hiess es damals. Früh nahm ich mir vor, nie wie meine Mutter zu werden, die ihre untertänige Situation klaglos akzeptierte.

Erst in den 1970er-Jahren begann ich mich vehement gegen Benachteiligungen von Frauen aufzulehnen. Bis heute bewundere ich die vielen «Frauen der Tat», die sich mit Mut und Hartnäckigkeit für die Gleichberechtigung von uns Schweizerinnen einsetzten. Wir feiern im Februar 2021 «50 Jahre Frauenstimmrecht», aber gerade dann ist ein Rückblick äusserst wichtig. Die jüngeren Generationen haben oft keine Ahnung, was für Zustände ihre Mütter und Grossmütter vor der Einführung des eidgenössischen Frauenstimmrechts erlebten.

Clare O'Deas spannender Roman ist ein bereicherndes Zeitdokument. Kritisch und doch liebevoll und berührend bringt die Autorin uns das Schicksal von vier Frauen nahe, die nicht abstimmen gehen dürfen, aber ihr Leben selbst in die Hand nehmen. Mit Vreni, Margrit, Esther und Beatrice können wir uns heute noch identifizieren.

Barbara Traber, Februar 2021
Worb BE/Schweiz

Teil 1

Vreni

Es würde ein ganz besonderer Tag werden. Vreni sah über den Nebel hinweg, der den Bauernhof seit Freitag einhüllte, und sie kümmerte sich weder um die Sandwiches für die Abstimmung noch den vom Verdingbub zerbrochenen Milchkrug. In wenigen Stunden würde sie Arm in Arm mit ihrer Tochter Margrit durch Bern bummeln, die Sehenswürdigkeiten bewundern und zu Kaffee und Kuchen einkehren. Für den Moment hatte sie die warme Küche für sich, und der Kartoffelberg wurde stetig kleiner, während sie Stück für Stück geschwind mit der Raffel rieb. Vrenis Rösti war legendär.

Das Märchen von der Müllerstochter, die Stroh zu Gold spinnen konnte, kam ihr in den Sinn, und sie lächelte. Wann hatte sie es zum ersten Mal gehört? Wahrscheinlich in der dritten Klasse, von Schwester Jerome mit ihrem lustigen französischen Akzent. Ein Prinz hielt die Tochter gefangen und zwang sie, noch mehr Gold zu spinnen. Gab es da nicht eine alte Hexe, die ihr durch ihre Zauberkraft zu Hilfe kam? Aber dafür verlangte sie eine Gegenleistung. Meist war es in diesen Geschichten das Erstgeborene. Eine schwache Erinnerung an ihre ersten Geburtswehen vor dreiundzwanzig Jahren stieg in ihr auf. Daran wollte sie nun nicht denken! Stattdessen beschwor sie das Bild ihres Koffers herauf – schön gepackt. Das neue Toilettentäschchen mit ihrem Krimskrams. Ihre beste Strickjacke, die sie im Spital tragen würde. Warum nicht? Das waren Städter, und sie wollte nicht behandelt werden wie irgendeine grobe Freiburgerin aus den Bergen, die kaum Schmerzen spürte.

Sie stand auf und setzte die Pfanne auf den Herd. Es war besser, sich auf das Hier und Jetzt zu konzentrieren. Ja, die Familie sollte ein währschaftes Frühstück bekommen. Sie würde den kleinen Ruedi sogar ins Hühnerhaus schicken, einige Eier zu holen. Sie würden ihr Sonntagsfrühstück heute von ihr bekommen und nichts mehr, sechs Wochen lang. Sechs ganze Wochen. Sie hatte das schriftlich von Dr. Jungo, dem Dorfarzt.

Die Uhr schlug die halbe Stunde. Sie würden bald aufstehen, ihre drei Söhne, in die Küche schlurfen, alle mit den gleichen Stupsnasen (einem Erbe von Peters Seite der Familie) und grossen Füssen, Peter mit Anspruch auf den Platz oben am Tisch, wahrscheinlich immer noch schmollend wegen dem Sandwich-Streit, und der kleine Ruedi hoffnungslos schüchtern und gehemmt wie am ersten Tag bei ihnen. Ärgerlich. Sie durfte das nächste Mal nicht nachgeben, sondern musste auf einem Mädchen bestehen. Ein Mädchen wäre jetzt eine grosse Hilfe.

Sie raffelte die letzte Kartoffel und streute etwas Muskatnuss, Salz und Pfeffer über die geriebene Masse. Sie nahm die Schüssel hinüber zum Herd und stellte sie ab. Dann griff sie zum Wasserkessel. Warum musste alles so schwer sein? In den Küchen der Zukunft, die sie im letzten Sommer an der Schweizerischen Ausstellung für Frauenarbeit SAFFA in Zürich gesehen hatte, würde alles aus leichtem Plastik sein anstatt diesem Ballast, und sie hoffte, eine der Ersten zu sein, davon zu profitieren.

Das Fett brutzelte in der Bratpfanne. Vreni gab die geraffelte Masse in die Pfanne und griff zum Tischlappen. Sie entsorgte die Kartoffelschalen in den Abfalleimer. Obwohl die Tage allmählich länger wurden, dauerte es immer noch eine lange Stunde, bis es hell wurde, und die Schwärze der Nacht drückte gegen die dampfbeschlagenen Fensterscheiben. Wie viele Wintermorgen hatte sie schon hier mit Backen, Putzen, Kochtöpfe-Schrubben verbracht? Tausende.

Auf dem Hof verschwamm eine Woche nach der andern, wie die Natur sich von Jahreszeit zu Jahreszeit vorwärtsschob. Immer so viel zu tun. Sonnenauf- und Sonnenuntergänge bis zum Umfallen schön, aber ihr schien, sie habe sämtliche Variationen gesehen. Heute noch würde sie zwischen Häusern, die so hoch waren, dass man keine Dächer sah, auf einem Trottoir gehen und warten, die Autos vorbeifahren lassen, bevor sie die Strasse überquerte. Was für eine Abwechslung, so viele verschiedene Gesichter zu sehen und sicher zu sein, kein einziges zu kennen. Leute in gut sitzenden Kleidern und mitten in der Menge die fröhliche Margrit. Vreni ballte die Fäuste vor lauter Aufregung und presste sie gegen ihr Gesicht. Das löste das verdammte Ziehen ganz unten in ihr aus. Deshalb machte sie ihre Beckenbodenübungen, während sie die Kartoffelmasse in der Pfanne fest zusammendrückte.

Was auch immer geschehen mochte, Vreni würde die Eingeklemmten nicht machen. Sie hatte zu spät gemerkt, dass dies längst Tradition geworden war. Das ist das Problem, wenn man einen Gefallen tut. Du tust gerne einmal eine gute Tat. Aber wenn du sie wiederholst, wirst du auf einmal zu einer lebenslangen Verpflichtung verdonnert, vor allem mit einem Mann wie dem ihren.

Peter mochte es, überall dabei zu sein. Er war im Gemeinderat und sagte Ja zu jeder Wahl in eine Kommission. Zurzeit hiess das, je einen Sitz einnehmen in der Armenkommission, in der Strassenkommission, in der Friedhofskommission und in der Abstimmungskommission. Jede kam ihm gelegen, aber das Abstimmungskomitee lag ihm am meisten am Herzen. Am Abstimmungstag kamen Leute von überall her. Da tauchten Gesichter auf, die man sonst nie sah ausser beim Alpaufzug und -abzug der Herden jedes Jahr. Es war die beste Zeit, ein paar Worte mit Männern aus jeder Ecke der Gemeinde zu wechseln. Man erfuhr, wer Weiden und Tiere verkaufte, wer wo Arbeit gefunden hatte, wer zusätzliche Arbeitskräfte brauchte und wessen Söhne oder Töchter Arbeit suchten. Er verbrachte jeweils den ganzen Tag damit, um das Abstimmungslokal herumzuflitzen, meist in der Nähe des Pults, wo die Abstimmenden begrüsst wurden, manchmal einen alten Jagdkumpel am Eingang abfangend. Er würde, falls nötig, sogar Schnee auf dem Weg davor wegräumen. Wenn die Wahlurne abgeholt worden war, kam er spätnachmittags heim, triumphierend und mit roten Wangen vom Schnaps, mit dem die Männer einen guten Demokratie-Tag immer abrundeten. Die Familie sass bei einem späten Abendessen, und er unterhielt sie alle mit den letzten Neuigkeiten.

Und am Abstimmungstag machte Vreni immer Sandwiches für die Männer, die die Abstimmungsurne beaufsichtigten. Anscheinend war sie bekannt für ihre Eingeklemmten aus Zopf, frischer Butter, dicken Scheiben Schinken und etwas Senf. Mein Gott, was für ein Aufheben sie machten wegen diesen Eingeklemmten, obwohl es überhaupt kein Geheimnis für ein Rezept für sie gab. Selbst ein Dreikäsehoch konnte sie machen, und ihr zweiundfünfzigjähriger Ehemann würde sie später mit dem frischen Brot streichen, bevor sie in den Bus steigen und ins Tal fahren würde, weg von allem. Ohne Wenn und Aber.

Die Tür des kleinen Schlafraums vor der Küche öffnete sich und ein zehn Jahre alter Bub mit wirrem blondem Haar stand auf der Schwelle. Sie musste Ruedi nie wecken. Er erschien immer im richtigen Moment, schon in den Kleidern, als spüre er, wenn sie ihn brauche. Wahrscheinlich ein Instinkt, den er im Heim mitbekommen hatte.

«Schlüpf in die Stiefel und hol mir so viele Eier, wie du finden kannst.»

«Guten Morgen, Frau Sutter», sagte er in seiner ihm eigenen musikalischen Art. Das war etwas, was ihr bei ihm gefiel: Er hatte eine angenehme Stimme, wie eine Flöte. Schwierig sich vorzustellen, aus was für einer schlimmen Familie er kam: der Vater ein Trunkenbold, die Mutter aus einer dieser Zigeunersippen. Er hatte Glück, hatte man ihn in eine gute Familie platziert, aber was konnte man in solchen Fällen ausrichten? Die Natur würde sich durchsetzen, sie hatte es oft genug gesehen.

Ruedi machte sich bereit, schlich aber bei der Hintertür herum. Er zog am Ärmel seines Pullovers, obwohl sie ihm gesagt hatte, genau dies nicht zu tun. Er spitzte die Lippen, als ob er etwas sagen möchte.

«Was ist?»

«Sie ... Sie gehen heute ins Spital?» Was für eine sichtbare Anstrengung, einige Wörter herauszubringen.

«Das stimmt. Ich werde in drei Wochen zurück sein. Ich habe es dir schon gesagt», und sie wandte sich dem Herd zu.

«Aber ...»

«Was?»

«Spitäler sind gefährlich. Vielleicht sollten Sie nicht gehen.»

«Komm hierher», sagte Vreni und legte den Holzlöffel hin.

Er schaute auf seine Stiefel hinunter, zögerte, den sauberen

Boden zu betreten. Vreni ging zu ihm hin.

«Warum glaubst du, das Spital sei gefährlich?»

Er zog noch starker am Ärmelaufschlag, und Vreni war sicher, dass sie diesen bald wieder würde flicken müssen. «Mein Freund im Heim, Dänu. Er ging ins Spital und er ...» Tränen schossen in Ruedis Augen.

Vreni überkam das Verlangen, ihn in die Arme zu schliessen, aber sie spürte, dass dies nicht ihre Aufgabe war. Er war kein Säugling, und er war das Kind einer anderen. Mit einem Anflug von schlechtem Gewissen dachte sie an die unbeantworteten Briefe in ihrer Schublade. So sorgfältig geschrieben, immer mit der gleichen dringenden Bitte.

Sie klopfte ihm auf die Schulter. «Es tut mir leid wegen deinem Freund. Aber mach dir keine Sorgen um mich. Ständig gehen Leute ins Spital, um Dinge flicken zu lassen, und sie kommen wieder heim und fühlen sich besser. Auch bei mir und meiner Hüfte wird das so sein. So, und was ist mit den Eiern? Es gibt heute ein spezielles Frühstück.»

Ruedi presste die Lippen zusammen und nickte. Wie wenig sie eigentlich über ihn wusste.

Vreni ging zurück zu ihrer Rösti, die unten bereits schön goldigbraun sein musste. Die Hüft-Geschichte war eine gute Ausrede, sogar für ihre Buben. Wo waren sie denn, ihre Söhne? Sie brauchte jemanden, um die Rösti auf die grosse Platte zu stürzen, rasch, bevor sie anbrannte. Und das Brot war fast fertig gebacken. Vreni schaltete das Radio ein und drehte die Lautstärke auf. Mit ein wenig Handorgelmusik würde sie Erfolg haben.

Hugo tauchte eine Minute später auf, in einem Wollpullover, den er über seinem Pyjama trug. Er ging schnurstracks zum Radio und stellte es ab. «Sie kommen», sagte er. Sie nahm an, er habe einen Kater, da sie gehört hatte, wie er letzte Nacht zu später Stunde heimgekommen und mit viel Lärm zu Bett gegangen war. Nicht weiter schlimm, er musste mit seinen Freunden zusammen Dampf ablassen nach drei Wochen in den Militärbaracken.

«Stürz sie für mich auf die Platte», bat Vreni und schob ihm den

Pfannenstil zu. «Wir haben noch viel zu erledigen heute Morgen.» Ruedi tauchte an ihrer Seite auf mit einem Korb voller Eier. Vreni fröstelte. Er hatte die Kälte mit sich hereingebracht.

«Leg sie dort auf die Anrichte und deck den Tisch. Aber sei vorsichtig mit dem Besteck!»

Während Vreni die Eier briet und die Kaffeekanne füllte, kamen nun auch Marcel und Ueli und setzten sich zu ihrem Bruder an den Tisch. Sie sassen zusammengesunken an ihren Plätzen, starrten auf die umgekippte goldgelbe Rösti und ignorierten Ruedi, der Teller, Tassen und Besteck vor sie hinstellte. Vreni verteilte die Spiegeleier über die Rösti und setzte sich an ihren Platz. Die drei Buben waren jetzt alle gleich gross, breit gebaut und nicht zu hochgewachsen, wie ihr Vater. Wo war dieser denn eigentlich?

Gerade als Vreni kurz davor war, ihre Geduld zu verlieren, natürlich nicht auf laute Art, eher wie eine innere Explosion, tauchte Peter auf und grüsste die Familie mit «guten Morgen allerseits». Sie fassten sich alle an den Händen und beteten: «Für Speis und Trank, fürs täglich Brot wir danken Dir, o Gott.»

Das Brot! Vreni eilte, so schnell sie konnte, zum Ofen. Sie holte die Zopfbrote heraus, die eine Schattierung dunkler waren, als sie es gern gehabt hätte, und stellte das Blech auf den Herd.

«Komm, tisch auf, Vreni», sagte Peter. Mit heissem Gesicht und unwohl wegen ihrer Symptome, bediente Vreni die Männer, einen nach dem andern, Ruedi zuletzt. Marcel schenkte Kaffee ein und schaute sie mit einem verständnisvollen Blick an, als sie ihm ihre Tasse reichte. Aber was verstand er? Nichts, gar nichts.

«Heute ist ein grosser Tag für Ueli.» Peter klopfte seinem ältesten Sohn auf die Schulter. «Ihr beiden werdet die Stellung halten», sagte er, während er mit der Gabel auf Hugo und Marcel zeigte. Ueli setzte sich gerader und stellte seine einundzwanzig Jahre zur Schau.

«Wann soll ich zum Abstimmen hinunterkommen, Papi?»

«Wahrlich ein grosser Tag.» Der Herr des Hauses schaute Beifall heischend in die Runde. «Mein ältester Sohn ein erwachsener Mann, der heute zum ersten Mal abstimmen darf. Ich erinnere mich gut an meinen ersten Abstimmungstag ...»

«Ich unterbreche dich hier.» Vreni mochte das nicht hören. Sie hatte einen schwierigeren Tag vor sich als alle anderen, und sie hatte keine Zeit, sich politische Reden anzuhören. Aber Marcel übertönte sie beide.

«Also, Ueli, wirst du heute das Richtige für deine Mutter tun?», fragte ihr Jüngster, «damit sie das nächste Mal mit dir zusammen gehen kann?» Ueli blickte zu seinem Vater.

«Er wird das Richtige für sein Land tun, einem Land, das seit siebenhundert Jahren von anständigen Männern gut regiert worden ist. Europa beneidet uns darum.» Peter hielt Uelis Blick stand.

«Eher eine Schande für Europa», entgegnete Marcel mit vor Empörung roten Wangen. «Sind Schweizerinnen etwa weniger klug als französische, deutsche oder österreichische Frauen?»

«Blödsinn», murmelte Peter, den Mund voll mit Rösti und Ei, «du Gymnasium-Grünschnabel, für Schweizer Frauen wird besser gesorgt als für alle andern, und das weisst du.»

«Danke, aber ich habe Wichtigeres zu besprechen», sagte Vreni und nahm eine Liste aus ihrer Schürzentasche. «Esst und hört zu.»

***

Das Mädchen ihrer Cousine würde erst nach dem Mittagessen kommen, weshalb sie die Übergabe nicht selbst machen konnte, aber Vreni hatte alles aufgeschrieben, seitenlange Anweisungen. Was sich im Keller befand, was es jeden Wochentag zu kochen gab, was für Vorräte aus dem Dorfladen benötigt wurden und wann diese gekauft werden sollten, welche Kleider wann gewaschen und in welcher Reihenfolge die Zimmer im Haus geputzt werden mussten. Ruedi würde ihre Arbeiten im Freien übernehmen, die im Winter zum Glück weniger zahlreicher und leichter waren. Sie hatte keine Ahnung, wie geschickt dieses Mädchen war, aber sie hatte Vorbehalte wegen dem körperlichen Zustand des Kindes. Vor drei Jahren, an der Beerdigung seiner Mutter, hatte sie es das letzte Mal gesehen, und es war für seine vierzehn Jahre sehr mager. Hoffentlich war es inzwischen etwas fester geworden. Aber in der Not schmeckt jedes Brot, sie musste froh sein, jemanden gefunden zu haben, der sie ersetzte, und glücklich über den günstigen Preis für die Hilfe. Ihre Cousine Christina –

Friede ihrer Asche – war eine gute Hausfrau gewesen und hatte sicher das Nötigste weitervermittelt. Alles würde gut gehen.

Vreni hatte alles aufgeschrieben, was der Arzt ihr mitzunehmen empfohlen hatte. Als es Zeit war, sich bereitzumachen, kontrollierte sie ihren Koffer ein letztes Mal und legte den Brief des Spitals in ihre Handtasche. Darin stand immer noch dasselbe: «Bitte melden Sie sich am Sonntag, 01.02.59 um fünf Uhr nachmittags am Empfang, bereit für Ihre Operation am Montag, 2. Februar. Ab 17.00 Uhr am 1.2. nüchtern.» Alles war in Ordnung, und sie setzte sich, um eine kleine Pause vom ständigen Schmerz zu machen, aufs Bett. Ihr Hut und ihr besserer Mantel lagen neben ihr bereit.

Ein seltsamer Strom lief durch ihren Körper, setzte sich auf ihrer Brust fest, und sie versuchte, ihn wegzuatmen. Seit Dr. Jungo erklärt hatte, was mit ihr los war, hatte sie sich für die Operation entschlossen. Nur eine solche mit anschliessendem Kuraufenthalt kam in Frage. Je mehr sie darüber nachdachte, desto aufgeregter wurde sie, aber es blieb meist kein Platz für Ängste. Einige Tage Schmerzen würden nichts sein verglichen mit den Jahren des Unwohlseins, die hinter ihr lagen. Erholung war das Wort, das ihr auffiel, als er die Einzelheiten erklärte. Sie wurde ganz ausgelassen vor Freude, wenn sie an die Aussicht auf Erholung dachte. Man würde sich um sie kümmern: zwei Wochen im Spital und eine Woche im Erholungsheim. Essen und Trinken würden ihr gebracht, die Leintücher gewechselt und für heisses Wasser wäre gesorgt, und wenn sie nachhause kam, würde sie nicht zur Verfügung stehen. Und um das alles noch zu überbieten, hatte sie es fertiggebracht, auf dem Weg ins Spital den heutigen Tag mit Margrit zu arrangieren. Peter war zu beschäftigt, sie heute zu begleiten; es konnte nicht perfekter sein.

Vreni ging in die Küche zurück, sie hatte noch einige wenige Minuten, und sie erbarmte sich Peters, der tatsächlich mit dem Geschick eines Dreikäsehochs gerade die Eingeklemmten machte. Sie übernahm es, das Brot mit Butter zu bestreichen, und überliess es ihm, den Schinken zu schneiden.

«Alles in Ordnung mit dir?», fragte er sie. «Bereit für morgen?» Sie meinte einen Anflug von Zärtlichkeit aus seiner Stimme herauszuhören.

«Alles wird gut», sagte sie. «Sie machen diese Operationen jeden Tag. Es sei nichts Kompliziertes, sagte Dr. Jungo, aber dennoch ernst.» Sie ertappte sich selbst, dass sie beifügte: «Nachher auszuruhen sei sehr wichtig für die Genesung, er hat sehr darauf bestanden.»

«Ja, das sagst du ständig. Gut, ich werde morgen Nachmittag ins Spital anrufen und mich erkundigen.» Er ging hinüber zur Kommode und nahm seine Brieftasche heraus. «Da, für das Zugbillett, und vielleicht willst du dir etwas kaufen, Früchte oder eine Zeitschrift.»

Vreni nahm die Zehnernote an sich. Ihr Koffer stand an der Tür bereit.

«Gehen wir zusammen hinunter», sagte sie, «ich hole meinen Mantel.»

Die Buben kamen aus der Scheune, um ihr alles Gute zu wünschen. Hugo versuchte, mit einem flüchtigen Kuss auf die Wange davonzukommen, aber sie packte ihn am Unterarm und legte ihre andere Hand auf sein Gesicht.

«Reis gut zurück heute Abend, und sei nicht wieder zu spät. Du willst doch nicht weitere drei Wochen warten, bis du heimkommen darfst, oder?» Er zuckte mit den Achseln. «Du könntest mir einen Brief nach Bern schicken, ins Frauenspital. Etwas zu tun an einem langweiligen Abend in den Baracken.»

«Schaut sein Gesicht an», sagte sie zu den anderen. «Als hätte ich ihn gebeten, mir ein Kissen zu sticken!» Hugo verfügte über ein ganzes Repertoire an mürrischen Gesichtsausdrücken, und sie fragte sich, ob sie zu weit gegangen war. Die Sutters vertrugen Sticheleien schlecht. Sie zwinkerte ihm zu.

Von Ueli bekam Vreni eine halbe Umarmung und von Marcel eine richtige. Ruedi hielt sich zögernd im Schatten des Schweinestalls und winkte ihr verlegen zu, als sie zu ihm hinschaute. Sie sagte tonlos ein «Mach-dir-keine Sorgen».

«Seid brav», rief sie in die Runde, plötzlich ungeduldig, wegzukommen. «Und redet nicht unanständig vor eurer Cousine.»

Der Bus würde in vierzig Minuten fahren, kurz bevor das Gemeindehaus für die Abstimmung um neun öffnete. Mann und Frau setzten sich in Bewegung, den Hügel hinunter, gefolgt vom Hund.

Den Obstgarten zur Linken, gingen sie durch den dichten Nebel. Peter trug den Koffer und den Korb mit den Eingeklemmten. Das Haus mit den Nebengebäuden verschwand rasch hinter ihnen. Sie kamen am grössten Feld vorbei, wo sie im letzten Herbst, gerade noch bevor der Boden hart wurde, Zuckerrüben und Kohl gepflanzt hatten. Ein schönes Feld, weit und fruchtbar über den halben Hügel bis hinunter zum Fluss. Vreni, die taleinwärts auf viel dünnerem Mutterboden aufgewachsen war, schätzte das Land rund ums Dorf immer noch. Der Hund hielt an seinem üblichen Aussichtspunkt an, aber heute würde er nicht viel sehen. Er hielt gleichwohl seine beobachtende Haltung bei, als wäre er zu stolz zuzugeben, dass die Reise heute umsonst war. Vreni lächelte.

Der Boden war schneebedeckt und voller Löcher, und bei jedem Schritt zersplitterten eingefrorene Pfützen unter den Schuhsohlen. Vreni trat absichtlich auf die eisigen Stellen, sie mochte das Geräusch. Sonst herrschte Schweigen, jedes war mit seinen eigenen Gedanken beschäftigt. Vreni mochte es kaum erwarten, Margrit mit ihrem schönen Teint und ihren glänzenden Augen zu sehen. Der Nebel schien, während sie ausschritten, vor ihnen zu verschwinden und einen schmalen Durchgang für die Sicht freizugeben und sich dann hinter ihnen wieder zu schliessen. Als wären sie allein auf der Welt. Was für einen Beweis gab es, dass ihr Zuhause und das Dorf tatsächlich dort waren? Vreni überlegte, was sie Tiefsinniges sagen könnte über diesen Gang im Nebel, der sich auf das Leben oder die Ehe bezog, aber Peter schien dafür – wie auch für die meisten ihrer Gedanken – nicht der richtige Zuhörer zu sein, und so liess sie es bleiben.

Sie nahmen den geraden Pfad durch den Wald. Die Schmerzen und das Ziehen im Unterleib wurden stärker, und damit stieg auch eine Welle innerer Unruhe auf, schlimmer als das körperliche Unwohlsein. Die Demütigung ihrer Gebärmutter, die nach unten drückte. Du willst hinaus, ich werde dich herausnehmen lassen!

Dr. Jungo hatte erklärt, ihr besonderes Problem sei weit verbreitet in diesem Teil des Landes. Er hatte in der Zeitung darüber geschrieben. Die Familien waren gross, und die Frauen der Bauern arbeiteten bis zum Ende der Schwangerschaft und kehrten nach der Geburt zu rasch wieder zu ihren normalen Pflichten zurück. Die Häuser lagen so zerstreut, dass es kaum Gelegenheit für Solidarität zwischen den benachbarten Frauen gab, und die eigenen Familien der Mütter, aus denen sie kamen, waren auch zu weit entfernt, um zu helfen.

Vreni war sicher, dass sie sich am meisten geschadet hatte, als Peter sich im Aktivdienst während des Krieges befand. Selbst mit zwei jungen Kerlen aus dem Waisenhaus und den älteren Sutter-Verwandten, die ab und zu einen halben Tag aushalfen, hatte sie nie genug Hilfe für die Arbeit draussen und im Haus gehabt. Sie trug Marcel in ein Tuch eingeschlungen überallhin mit sich. Zwei Jahre später tat sie dasselbe mit Hugo. Die übrige Zeit verbrachten die bedauernswerten Kinder viel zu lange im Laufgitter. Verglichen mit der Aufmerksamkeit, die Margrit und Ueli erhalten hatten, spielte sie kaum je mit ihnen. Und dann all diese Winterabende, ohne mit jemandem reden zu können, und den Verdunkelungsvorhängen, die sie einengten. Sie dachte, sie müsste vor Einsamkeit sterben. Kinder bedeuteten Arbeit für sie, nicht Gesellschaft. Nein, das war nicht fair, Margrit unterhielt sie mit ihrem fröhlichen Geplapper und all den Fragen über die Welt.

Sie erinnerte sich, wie Margrit in ihrem Bett geschlafen hatte, als sie sechs oder sieben war. Wenn das Baby nachts schrie, war Vreni manchmal zu müde gewesen, um aufzustehen. Margrit war dann über ihre Mutter geklettert, hatte das Kleine aus der Wiege geholt und es in deren Bett gelegt, damit es an Vrenis Brüsten etwas Trost fand. Das Mädchen war immer so lieb und voller Zuneigung gewesen. Vreni war froh, konnte sie die Schar Kinder mit einem Mädchen beginnen, das den Ton für die jüngeren Kinder angab. So viel weniger grob und burschikos.

Die Ruhe im Wald wurde durch das Geräusch von Hufen und brechenden Zweigen gestört – einem Rudel Gämsen. Sie mussten in der Nähe des Platzes sein, wo Peter Heu für die Tiere hingelegt hatte. Vreni prüfte innerlich ihr Nahrungsinventar. Sie hatten noch einige Wurstwaren im Keller von der alten Darmhirschkuh, die im Oktober geschlachtet worden war. Sie hätte Hirschragout auf die Menüliste für Christinas Tochter setzen sollen.

«Wie lange denkst du, wird Margrit das Leben in der Stadt durchhalten?», fragte Peter aus heiterem Himmel.

«Was meinst du?» Sie wusste, was er meinte, aber sie war sich gewohnt so zu tun, als wüsste sie nicht, worum es ging, wenn die Rede auf Margrit kam.

«Du weisst, was ich meine, die Stelle, die winzige Mansarde, die verrauchten Strassen. Sie wird ihr gutes Aussehen verlieren. Und die Männer in der Stadt sind nichts für sie, nichts als eingebildete Schreiberlinge mit Grabschhänden. Wenn sie uns öfters besuchen käme, würde sie hier herum sicher Anträge bekommen.»

«Sie will dieses Leben nicht, Peter. Sie ist eine moderne Frau, der alles offensteht. Sie hat ihr Buchhaltungszeugnis bekommen, das ihr hoffentlich bald nützlich sein wird. Weshalb sollte sie am Ende der Welt den ganzen Tag Heu zusammenrechen und Schweine füttern, wenn sie in einem netten warmen Büro sitzen kann?» Die Kälte hielt Vrenis Finger in diesem Moment unbarmherzig im Griff.

«Es muss nicht ein Bauernhof sein. Das Dorf ist voll junger Männer, und die meisten Mädchen gehen als Mägde arbeiten. Sie könnte es sich aussuchen. Was ist mit diesem Schwaller, mit dem sie sich herumtrieb?»

«Margrit wird nicht die Frau eines Käsers werden, Peter. Weisst du nicht mehr, wie sie auf die andere Strassenseite wechselte, um dem Gestank der Käserei auszuweichen?» Sie begann zu lachen. «Das einzige Schweizerkind, das Käse hasste. Ehrlich, Peter!»

Peter machte eine Pause und stellte seine Last ab. Es schüttelte ihn vor unterdrücktem Lachen. Sie schauten sich an und begannen laut zu lachen. Vreni hatte Tränen in den Augen, sie konnte nicht aufhören. Peters schallendes Lachen liess sie jedes Mal von neuem in gluckendes Gelächter ausbrechen.

Er griff nach ihrer Hand, nahm sie in seine, was beide ruhig werden liess. «Lass uns hier Abschied nehmen, Liebes», sagte er. Ihr Kinn passte genau auf seine Schulter, und sie hielt sich fest an ihm.

«Du wirst bald wieder sein wie neu.»

«Das habe ich vor.» Erinnerte er sich noch daran, wie sie zusammen in diesen Wald kamen, als er ihr den Hof machte? Unglaublich, was für eine Leidenschaft sie füreinander empfanden. Sie half drüben bei Meyers aus, während deren Mutter Probleme mit den Nerven hatte, und sie trafen sich hier den ganzen Sommer und bis in den Herbst. Was für ein Gerede von Peter über Grabschhände. Es war grossartig gewesen.

«Ich mache mir bloss Sorgen, sie könnte sich uns entfremden.» Der Bann war gebrochen, und Peter lud sich die Taschen wieder auf. «Wenn Tante Marta sie nicht so herausgehoben hätte ...» Er schüttelte den Kopf.

«Nun, ich war noch nie in meinem Leben so stolz wie am Tag, als sie in die Handelsschule aufgenommen wurde, und ich werde deiner Tante dafür immer dankbar sein, Gott gebe ihr Frieden, dass sie das ermöglicht hat», konnte Vreni ohne zu überlegen antworten, so oft schon hatten sie sich darüber ausgetauscht. Die gute alte Tante Marta bezahlte für je eine der Töchter aus den Familien ihrer Geschwister, damit sie eine Ausbildung bekamen, wofür sie Talent hatten. Sieben Cousinen, in der ganzen Gegend verteilt, erhielten dank ihr einen guten Start ins Leben. Mit ihrem Selbstvertrauen und ihrer Ertragskraft weckten sie in jeder Familie Neid.

Die Kirchenglocken klangen, als würden sie daran erinnern, dass die Aussenwelt sie erwartete. Peter liess an Abstimmungssonntagen die Messe aus, und Margrit war der Meinung, sie sei heute speziell davon befreit. Sie konnte heute Abend immer noch in der Spitalkapelle beten gehen. Sie hatte gehört, dass der Priester an Sonntagen vorbeikam, um den Patienten, die nicht aufstehen konnten, die Hostie zu geben. Das schien besonders glanzvoll, und es lag ihr sehr am Herzen, dies zu erleben.

Als sie auf der anderen Seite des Waldes herauskamen, lichtete sich der Nebel, und sie konnten fünfzig Meter parallel vom Weg linkerhand die Strasse sehen. Das gedämpfte Geräusch eines Automotors, dann folgten zwei schwache Scheinwerfer und schliesslich das Auto, das kaum schneller vorwärtskam als sie.

«Das Postauto wird heute schrecklich langsam sein. Hoffentlich verpasst du den Zug nicht.»

Vreni beschleunigte automatisch ihr Tempo, als ob das einen Unterschied machen würde. Die Aussicht, den Zug zu verpassen, wäre einer Katastrophe gleichgekommen. Sie freute sich so sehr darauf, Margrit zu sehen. Die Zeit zusammen würde sich halbieren. Würde Margrit vernünftig genug sein, auf sie zu warten? Sie könnte denken, Vreni würde gar nicht kommen. Sie würde sogar heimgehen, um zu sehen, ob eine Nachricht für sie eingetroffen sei. Sie würde verwirrt sein und irritiert zum Bahnhof zurückkommen. Sie würde frieren. Sie würde sich ein Sandwich im Bahnhofbuffet kaufen und es allein essen. Und die ganze Zeit würde Vreni an ihrer Station warten, nach und nach von den Zehen an aufwärts frieren, und es gäbe keinen einzigen Ort, wo sie auch nur ein Glas Wasser bekäme.

Sie senkte den Kopf und stopfte die Hände in die Ärmel wie ein Mönch. «Ich werde den Zug nicht verpassen. Und wenn ich den Buschauffeur den ganzen Weg bis zur Station anpeitschen muss.»

Peter grinste: «Das würde ich dir zutrauen.»

Sie gingen gegenüber der Kirche auseinander, und Vreni setzte sich auf die Bank im neuen Wartehäuschen der Bushaltestelle. Ihr Mann hatte dem Komitee angehört, das vor zwei Jahren diesen neuen Unterstand samt Sitzbank hatte aufstellen lassen. Entweder das oder eine Mariengrotte, und glücklicherweise gewann die Vernunft die Oberhand. Die Grotte-Befürworter verkrafteten den Verlust nur schwer und gaben nicht auf. Das Letzte, was sie gehört hatte, war, eine Petition sei lanciert. Sie mochte zwar eine schöne Mariengrotte wie alle, aber in diesem besonderen Moment war die Sitzbank ihr Gewicht in Gold wert, dachte Vreni.

Von der Kirche her kam jemand gebückt und leicht humpelnd rasch auf sie zu. Es war die allerletzte Person, die Vreni jetzt sehen wollte. Wollte sie auch den Bus nehmen? Wie würde sich Vreni ihren Fragen entziehen können? Sie suchte nach einem Taschentuch und hielt es an die Nase. Sie machte den Versuch zu husten, um festzustellen, wie echt es klang. Nicht sehr überzeugend. Anna Sturny hob auf der anderen Strassenseite ihre Hand zum Gruss und kam zielstrebig auf sie zu.

«Grüss dich, Vreni.» Annas Wangen waren rot wie die eines zahnenden Säuglings. «Schrecklich, dieser Nebel heute.»

«Grüss dich, Anna, wirklich schlimm, dieses Wetter.»

«Sie sagen, es werde sich mittags aufklären.»

«Tatsächlich?»

Anna setzte sich neben sie, etwas zu nah, empfand Vreni. So würde sie also auch den Bus nehmen. Vreni hustete und putzte überzeugend ihre Nase, wie diese nach der Anstrengung des Gehens es wirklich nötig hatte. Sie rückte etwas weg von Anna. «Ich will dich nicht anstecken.»

«Oh, keine Sorge, ich stecke mich nie an», sagte Anna. «Ich machte meine Krankheiten als junges Mädchen in einem Mal durch. Sie tätschelte ihr von Kinderlähmung betroffenes Bein. «Habe damals schwer dafür bezahlt.»

Vreni brauchte rasch ein Thema, bevor die Fragerei beginnen konnte. Worüber sollten sie reden? Natürlich – über Männer. Anna mochte es, über ihren Ehemann zu sprechen.

«Peter ist gerade zum Abstimmen gegangen. Ist Samuel auch dort?»

«Er muss zuerst seine Mutter besuchen. Wir haben gehört, sie habe eine schlechte Nacht gehabt. Sam ist hinuntergeeilt, um zu sehen, ob er etwas tun könne. Er hat mich gebeten, für sie einen Tee gegen Brustschmerzen und Schwindel zu kaufen, und dazu bin ich nun unterwegs. Kathrin, meine Cousine in Plasselb, besitzt die unglaublichsten Kräutermischungen, das weisst du ja. Armer Sam, er möchte sich nützlich machen. Er hat schon den Doktor aufgeboten und bezahlt, damit er einmal pro Woche vorbeikommt. Er hängt sehr an seiner Mutter. Tut alles für sie.»

«Ausser für sie zu stimmen.» Vreni wusste nicht, was über sie gekommen war. Sie war üblicherweise nicht eine, die solche Bemerkungen machte, vor allem nicht laut. Und die Abstimmung war das Letzte, was sie beschäftigte. Was ging es sie an, wie Samuel abstimmte? Der Mann war ein Witzbold. Sie erwartete nicht, dass ihr eigener Sohn oder Gatte ein Ja für das Frauenstimmrecht einreichen würden. Das System funktionierte gut, und Frauen kannten sich zu wenig aus in Politik. Es störte sie nicht, nur Marcel hatte etwas dagegen, aber er war noch so jung, dachte sie.

Anna starrte sie verblüfft an. Ihre Wangen wurden noch etwas röter. Sie öffnete und schloss ihren Mund zweimal.

«Samuels Mutter ist ans Bett gebunden und kann seit dem Hirnschlag kaum sprechen. Was würde sie mit Abstimmen machen? Sag mir nicht, dass auch du dich mit Politik zu Tode langweilen möchtest? Haben wir nicht genug andere Sorgen?»

«Tut mir leid, Anna, ich habe es nicht so gemeint. War nur ein Witz. Frau Sturny tut mir leid. Oh schau, der Bus ist da!»

Der Nebel lichtete sich tatsächlich. Als sie beobachtete, wie der Bus wendete, konnte Vreni die Strasse hinunter bis zu den Läden sehen. Sie konnten immer noch rechtzeitig abfahren, wenn der Fahrer bereit war, auf seine Pause zu verzichten. Sie musste ihren Zug erreichen.

Annas Augen wurden schmaler, als Vreni ihren Koffer zu sich heranzog.

«Ich habe dich noch gar nicht gefragt, wohin du gehst, Vreni. Hinaus in die Welt, nicht wahr?»

«Du kennst mich. Immer in Bewegung. Diesmal ist es eine Nilkreuzfahrt.» Vreni lächelte etwas verkrampft.

«Aber du gehst allein irgendwohin, mit einem Koffer, an einem Sonntag?» Anna gab nicht so schnell auf. Sie gingen beide einen Schritt vorwärts, als der Bus näherkam. Also hielt er sich an den Fahrplan, der gute Mann. «Du kannst mir alles im Bus erzählen», sagte Anna, und Vrenis Herz sank.

Sie versuchte, vage zu bleiben, die Dinge so gut wie möglich herunterzuspielen. Es wäre dumm gewesen abzustreiten, dass sie ins Spital ging, weil alle es wissen würden, wenn sie zurückkam. Aber Anna war geschickter als Hercule Poirot selbst. Innert den zehn Minuten unterwegs ins nächste Dorf hatte sie Vreni von Frage zu Frage dazu gebracht, die Wahrheit zu sagen. Sie verliess den Bus mit einem unaufgeforderten Versprechen, Spezialtees von ihrer Cousine zu bestellen.

Das ist es nun also, dachte Vreni, die Katze ist aus dem Sack. Es sollte nichts ausmachen, dass die Leute Bescheid wussten, es war kein Skandal, aber Vreni hasste die Idee, dass über sie geschwatzt wurde oder, schlimmer, dass man sie bemitleidete. Und sie wollte nicht, dass irgendjemand sich irgendwie Gedanken über ihren Körper machte. Auch darum ging es.

Als Anna ausgestiegen war, erkannte Vreni unter den anderen Passagieren niemanden. Sie schaute aus dem Fenster und hing ihren Gedanken nach, während die öde Gegend aus dem Nebel auftauchte. Es war eine Szene, die dringend frischen Schnee nötig gehabt hätte: nur sumpfige Spuren, die zu schäbigen Häusern führten, kahle Bäume und Felder ohne Leben und Farbe.

Sie fragte sich, ob alle in diesem Alter dasselbe erdrückende Gefühl von Langeweile verspürten, das mit der Erkenntnis kam, dass die Dinge nun mal so lagen und es keine bedeutsame Änderung mehr geben würde. Sie hatte ihren Mann, ihr Heim, ihre Ecke auf der Welt und alles, was damit zusammenhing. Wie würde sie die zwanzig oder dreissig Jahre Zeit verbringen, bis sie bettlägerig sein würde wie die alte Frau Sturny? Sicher nicht wie die Heldinnen in den englischen Kriminalromanen, die Abendroben trugen und Cocktails tranken und Tennis spielten! Eher im und ums Haus herum, und wenn sie Nachbarinnen im Dorf begegnete, würde sie bis ans Ende ihres Lebens über die Kinder und alten Verwandten anderer Leute reden.

Der Bus fuhr am brandneuen AMAG-Autohändlergeschäft vorbei, das aussah wie etwas aus Kalifornien oder das, was sich Vreni unter Kalifornien vorstellte. Hugo hatte dort auf der Baustelle seine Maurerlehre gemacht, bevor er seinen Militärdienst antrat. Letztes Mal, als sie hier vorbeigekommen war, war es noch ein Rohbau gewesen. Das weisse Gebäude hatte zwei abgerundete Seitenflügel mit Fenstern von oben bis unten. Dass ihr Sohn zu einem solch eindrücklichen Projekt beigetragen hatte! Bald würde es voller Autos aus der ganzen Welt sein. Peter hatte darüber gesprochen, im Sommer endlich ein Auto zu kaufen. Es musste neu sein, ein Amerikaner, und er hatte darauf bestanden, mit dem Kauf so lange zu warten, bis der ganze Betrag gespart war. Vielleicht würde der Besitz eines

Autos einen Unterschied machen. Er würde sie ausfahren können zu Besichtigungen von Schlössern oder Seen. Sicher würden sie auch Margrit öfters besuchen.

Als sie sich der Stadt näherten, bemerkte sie einen Gebäudekomplex nach dem anderen, einige offensichtlich industriell, oder war das ein Supermarkt, den sie sah? Sie drehte sich im Sitz um, damit sie besser sehen konnte. Es war eine völlig neue Umgebung mit Häusern, die gross genug zu sein schienen für vier oder sechs oder zehn Familien. Woher sollten all die Leute kommen? Sie hatte den Eindruck, dass die Schweiz sich hinter ihrem Rücken verändert hatte. Oder vielleicht gab es zwei Arten von Schweiz, und sie war in der falschen gelandet.

Wann hatte sie zuletzt einen Bus in die Stadt genommen, eine nur vierzig Minuten lange Reise gemacht? Peter ging oft auf die Bank oder die Cooperative der Bauern oder war wegen einem Gemeindegeschäft unterwegs, manchmal hatte sie ihn gebeten, etwas Spezielles aus der Kurzwarenhandlung oder der Papeterie zu besorgen. Die meisten Kleider kauften sie aus dem Katalog. Konnte es sein, dass sie das Dorf seit dem Besuch der SAFFA Ausstellung in Zürich im letzten August nicht mehr verlassen hatte? Meine Güte, wie klein ihr Leben geworden war.

Das war ein aufregender Tag gewesen. Das halbe Dorf kam mit, das heisst die Frauen. Der Frauenverein mietete einen Bus, und sie fuhren um sechs Uhr morgens ab und kamen um elf in Zürich an. Es war das Extravaganteste, was die meisten von ihnen je unternommen hatten, angestachelt von Maria Schär, der einzigen Zürcher Bewohnerin im Dorf, die ihre Chance sah und sie umsetzte. Die Schweizer Ausstellung über Frauen und ihre Arbeit erstreckte sich über einen riesigen Raum am Seeufer. Vreni verlor sehr rasch und nicht ganz unabsichtlich die anderen in der Menge aus den Augen und ging ausser sich vor Freude von Pavillon zu Pavillon. Sie bewunderte besonders die Modelle von Wohnzimmern, eingerichtet mit modernen Möbeln und passender Ausstattung. Und die Musterküchen mit den ganzen Geräten und Behältern aus Plastik. Sie erinnerte sich an das englische Wort für Plastik: Tupperware. Die Pavillons über die Berufe von Frauen waren weniger interessant, aber der Höhepunkt folgte mitten am Nachmittag, als sie an einem Streichquartett aus lauter Frauen vorbeikam, das draussen spielte. Sie lutschte im Gehen an einer Glace, und die Wirkung der Musik samt dem Blick auf den See und dem Gefühl, sie sei in eine Welt nur für Frauen versetzt worden, hatte etwas Magisches. Vreni freute sich, die Gruppe aus ihrem Dorf beim vereinbarten Rendez-vous wiederzusehen und denselben roten Hauch von Glück auch auf ihren Wangen zu sehen. Sie spürte, sie hatten zusammen etwas Ausserordentliches erlebt, und alles würde von nun an irgendwie anders sein. Aber dann, anstatt dem Frauenverein beizutreten, wozu Anna sie seit Jahren gedrängt hatte, oder Peter um ein richtiges Sackgeld zu bitten oder einen Blumengarten anzulegen oder sich ein Buch über das Alte Rom zu kaufen oder einen Ausflug ins Historische Museum zu machen – lauter Ideen, entstanden auf dem Heimweg von Zürich –, hatte sie für den Rest des Jahres zuhause herumgesessen und war in ihrer Routine versunken. Die einzigen Verabredungen, die sie in diesem Winter gehabt hatte, waren Arzttermine.

Das Komische war, dass man sie – bevor sie für ihre Eingeklemmten bekannt wurde, und vielleicht auch für ihre Unhöflichkeit – als eine aufgestellte Person wahrgenommen hatte. Sie war die Lebhafteste in der Familie, jene mit dem lautesten Lachen. Sie interessierte sich für Menschen und Geschichten und Mode. Sie sammelte Bilder aus Zeitschriften und zeichnete die Schnittmuster für ihre Kleider. Irgendwann auf ihrem Weg hatte sie die Idee, etwas Besonderes zu sein (die Lehrer rühmten sie so sehr!) und dass ihr Leben irgendwie anders verlaufen würde als jenes ihrer Cousinen und Nachbarinnen, dass sie vielleicht von einer wichtigen Persönlichkeit entdeckt würde und sich interessante Dinge ereignen würden. Doch es gab keinen mysteriösen Wohltäter, und nach sieben Jahren als Dienstmädchen in drei verschiedenen Haushalten machte das Gefühl, etwas Spezielles zu sein einem Gefühl von Panik Platz. So dass sie sich dann, als man ihr eine Stelle als Serviertochter mit Kost und Logis im Hotel Alpenrose in der Stadt anbot, nicht glücklich fühlte. Im Gegenteil, Vreni befürchtete plötzlich, dazu verurteilt zu sein, ihr

Leben lang fremdes Brot essen zu müssen und nie ihr eigenes. Sie hatte einige beängstigende Situationen mit Männern erlebt. Sie brauchte einen Ausweg. Ihr wurde allmählich klar, dass es eine begrenzte Frist für ein junges Mädchen gab, seinen Weg ohne grossen Fortschritt zu machen, und sie gelangte ans Ende dieser Phase.

Und dann traf sie Peter wieder, den jungen Landwirt, der sich im Sommer, als sie bei Meyers lebte, in ihr Herz geschlichen hatte. Er kam an die Beerdigung ihres Onkels und freute sich, sie zu sehen, mehr als nur erfreut. Es war das erste Mal, dass sie ihn in einem Anzug gesehen hatte, und das machte einen Unterschied. Obwohl der Hof nur rund zwanzig Kilometer von ihrem Zuhause entfernt am Rand eines Vierhundert-Seelen-Dorfes lag, bedeutete das eine Stufe aufwärts, wie ihre Mutter betonte. Es stellte sich heraus, dass ihr Leben nun nicht so verschieden oder besonders sein würde, aber ein sicheres. Und, es muss gesagt sein, er schien sich wirklich zu freuen, sie erobert zu haben. Er fühlte sich glücklich. Ein guter Start in die Ehe, für jede Frau. Das gab den Ton an.

Der Bus fuhr in die Einfahrt neben dem Bahnhof, und Vreni bedankte sich beim Chauffeur und ging vorsichtig die Stufen hinunter. Die Stadt war nebelfrei und kam ihr hässlich vor. Alle Grautöne von Mensch und Natur waren vertreten. Vom Bahnhof aus konnte man das Coop-Gebäude mit seinem Getreideturm, die Metallwerkstätten, die Gebäude der Stadtverwaltung und das alte Hotel Alpenrose erblicken. Die Einkaufsstrasse führte zu ihrer Rechten hinunter zur katholischen Kirche, zur Post und zum neuen Kino. Die protestantische Kirche und die neue Sekundarschule, die ihre Kinder besucht hatten, befanden sich in der Parallelstrasse. Es gefiel ihnen hier, aber ihre Stadt war es nie gewesen. Eine einzige Minute stillzustehen genügte, dass die Kälte sofort von ihr Besitz nahm. Sie kroch unter ihren Jupe und breitete sich rund um ihren Hals aus. Ihre Augen begannen zu tränen. Vielleicht war es kein guter Tag für eine Stadtbesichtigung. Egal, sie könnte einen ganzen Tag in einem Tea-Room mit Margrit sitzen und wäre glücklich.

Vreni kaufte ihr Billett am Aussenschalter und ging unverzüglich in den geschlossenen Unterstand auf dem Hauptperron. Sie grüsste die anderen Passagiere, die dort warteten, zwei Männer und eine Frau, und erhielt die übliche Antwort, war aber froh festzustellen, dass niemand das geringste Interesse an ihr zeigte. Umso besser.

Fünfunddreissig Minuten sind eine lange Wartezeit in einem ungeheizten Raum auf einem Schweizer Bahnperron im Februar. Vreni litt: Einerseits musste sie dringend auf die Toilette – gleichzeitig hatte sie schrecklichen Durst. Die Kombination von starkem Kaffee und salziger Rösti machte sich bemerkbar, aber sie fühlte sich unfähig, vor den Leuten aufzustehen und in aller Öffentlichkeit zum anderen Ende des Perrons zurückzulatschen. Sie beschloss, den Zug abzuwarten.

Durch das Glas konnte sie ein Poster mit einem jungen, hübschen Mädchen sehen, das ihr Haar in einem schönen Chignon trug. Der Text dazu lautete: Nein – und die junge Frau hielt ihre behandschuhte Handfläche in einer Stopp-Geste in die Kamera. Viele seriöse, wichtige Leute dachten, Frauen sollten das Stimmrecht nicht bekommen. Sie schienen zu wissen, worüber sie sprachen. Vreni war es nicht wichtig. Doch wenn sie an die jüngere Generation dachte, fragte sie sich: War es denn fair, dass ihre Söhne abstimmen durften, Margrit, klüger als Hugo und Ueli zusammen, aber nicht? Die Frisur auf dem Poster würde Margrit stehen, stellte Vreni fest, obwohl sie ihr Haar dazu nun etwas zu kurz trug.

Margrit hatte Stil, was ihre Mutter ungemein freute. Sie hatte das Talent, den richtigen Schnitt oder die richtige Farbe zu finden und mit Accessoires hübsche Kombinationen zu kreieren. Kleider, die an einem anderen Mädchen gewöhnlich wirkten, sahen an ihr aus wie auf sie zugeschnitten. Sie hatte zudem eine fantastische Figur und holte aus jedem Kleid das Beste heraus. Vreni machte es grossen Spass, ihrer Tochter nur schon zuzusehen, wie sie sich bewegte. Sie besass eine besondere Anmut, von der sich auch andere Leute angezogen fühlten, nicht nur sie; ihre eigene Reaktion auf die körperliche Präsenz ihrer Tochter jedoch war von Stolz wie auch Bewunderung geprägt. Was Margrit besass, hatte vermutlich auch sie, Vreni, früher gehabt. Es war etwas, was man manchmal in Mädchen oder jungen Frauen sah, ein Zusammenspiel von Gesundheit, Jugend und

Schönheit in einer Situation, in der sie eine so positive Ausstrahlung hatten, dass die Leute ihnen deswegen kaum in die Augen schauen konnten. Margrit freute sich, in voller Blüte ihrer Jahre zu sein und dachte wohl, die Leute würden bereitwillig auf sie eingehen, weil sie ihre Art mochten. Vreni wusste, der Grund dafür war leider etwas Vergängliches.

Schade, dass sie sich in letzter Zeit so selten sahen und sich Vreni an Margrits Ausstrahlung nicht genug wärmen konnte. Das Vergnügen, das ihr die Buben bereiteten, war nicht gleich berauschend, sondern ein wenig gedämpft durch die Tatsache, dass sie immer noch ihre Kleider wusch und für sie putzte. Diese Art Intimität nahm allem den Glanz. Aber ihre Zufriedenheit über die Söhne war immer noch gross und tief. Sie freute sich über ihre gute Laune, wenn sie sich bereitmachten für den abendlichen Ausgang und den Rhythmus ihrer kräftigen Körper, wenn sie an ihrer Seite das Heu einbrachten. Ihre Kraft und ihre mächtigen Körper schienen eine Art Wunder, besonders wenn sie sich ihr fügten oder eine Aufgabe unter ihrer Aufsicht ausführten. Es war etwas, worüber sie noch nie mit jemanden gesprochen hatte – wer würde sich dafür interessieren oder es verstehen –, aber das Gefühl von Reichtum, das ihr die Kinder gaben, war eines ihrer grössten Geschenke des Lebens. Sie waren ein Schatz. Vreni brauchte keine neun Franken monatlich für jedes Kind vom Kanton; sie hatte vor Jahren aufgehört, mit Peter darüber zu streiten. Die blosse Existenz ihrer Kinder bedeutete für sie Belohnung. Sie hatte auch Fehlgeburten und eine Totgeburt in der Zeit zwischen dem Wochenbett von Ueli und Hugo erlitten und konnte die Trauer darüber erst überwinden, als sie wieder ein neues Baby im Arm hielt. Heute und jeden weiteren Tag bedeutete jedes ihrer vier überlebenden Kinder ein unbezahlbares Geschenk. Sie gaben ihrem Leben Sinn.

Im halbleeren Zug beanspruchte Vreni ein Viererabteil für sich. Sobald sie ihre Sachen ausgebreitet hatte, um den Platz zu besetzen, flüchtete sie zum WC und kehrte wenige Minuten später erleichtert zurück. Die Landschaft hatte sich wieder in den Nebel zurückgezogen, und sie konnte nicht viel weiter als einen Steinwurf vom Zug entfernt sehen. Vreni schloss die Augen und machte es sich bequem. Sie wurde neuerdings so rasch müde. Sie wollte nicht für den Rest des Lebens müde sein.

Sie war froh, dass für Margrit alles anders würde. Wenn sie sich jetzt Margrits Zukunft vorstellte, sah sie ihre Tochter auf einem modernen, beigen Sofa in einem der Wohnzimmer sitzen, die sie an der Ausstellung in Zürich gesehen hatte, Das Wohnzimmer, natürlich mit Teppich belegt, befand sich in einem der Häuser, wo Vrenis Schulfreundin Klara lebte. Sie hatte Klara zuletzt vor neun Jahren in deren neuem Heim am Rande von Bern besucht. In einer Siedlung aus märchenhaften, perfekt proportionierten Drei-Zimmer-Häusern, paarweise zusammengebaut, jedes mit einem Garten in idealer Grösse und einem Bus am Ende der Strasse, der den ganzen Tag in einer Schleife durch das Quartier fuhr und die Bewohner in die Stadt brachte, wann immer sie wollten. Vreni mochte das Haus so sehr, dass sie es nicht über sich brachte, einen weiteren Besuch zu machen. Wie Klara, die nie Kinder gehabt hatte, es fertigbrachte, als Witwe einen zweiten, recht attraktiven Mann zu finden und im Alter von 40 nochmals zu heiraten, war kaum zu verstehen. Aber da war sie nun, lebte ein neues Leben an einem neuen Ort, so verschieden von jenem der gemeinsam verbrachten Mädchenjahre, dass er geradesogut auf einem anderen Planeten hätte sein können.

Vergiss jetzt mal Klara, dachte sie. Es ging um Margrits Zukunft. Sie würde zwei Kinder haben – ein Mädchen und einen Knaben –, einen Ehemann, der Optiker oder Apotheker oder so was Ähnliches war, einen friedfertigen, ruhigen Typen, dem es nichts ausmachen würde, dass Margrit ihm überlegen war und ein eigenes Bankkonto hatte oder die Namen der Kinder bestimmte oder was für Obstbäume gepflanzt werden sollten. Margrit würde mit allen Nachbarinnen befreundet sein, immer den Bus nehmen, ihre braven Kleinkinder über den Zaun in den Garten einer Nachbarin hinüberreichen, wenn sie rasch Milch oder Papier für ihre Schreibmaschine kaufen gehen musste. Sie würde im Mittelpunkt stehen, eine Person sein, der man seine Ideen anvertraut. Alle würden bemerken, wie sehr sie an ihren Eltern hing; sie würde diese häufig zum Essen am Sonntagmittag einladen. Und jedes Jahr würde sie Vreni zum Geburtstag zu einer Schifffahrt auf einen anderen See einladen. Vreni hatte im letzten Sommer die schönen, grossen Dampfschiffe auf dem Zürichsee bewundert und einmal auch auf dem Thunersee, als sie Peters Bruder besuchten. Die meisten Leute schienen von den Bergen begeistert, aber sie zog Seen vor mit den Alpen in der Ferne. Vielleicht sollte sie ihr Interesse an diesen Vergnügungsschiffen Margrit gegenüber einmal erwähnen, die Idee keimen lassen.

Vreni war die Erste vorne im Zug, bereit zum Aussteigen in Bern, aber sie kämpfte mit dem Mechanismus des Öffnens und brachte die Tür nicht auf. Mit vor Ärger gerötetem Gesicht musste sie zurücktreten und eine jüngere Frau übernehmen lassen. Sie merkte, dass sie sich am Ende des Zuges befand, musste das ganze lange Perron zurückgehen, überholt von Reisenden, die es eilig hatten. Auf einmal wurde sie sich der Schäbigkeit ihres Mantels und ihrer Schuhe bewusst. Wo war Margrit? Sie ging weiter und weiter, fühlte sich auffällig als Einzelreisende, und der Koffer schlug bei jedem Schritt an ihr Bein. Vorne beim Zug, wo man vom Perron in die offene Halle kam, sammelten sich die Leute. Sie musste Reisenden, die ihre Lieben umarmten, ausweichen. Immer noch keine Spur von Margrits liebem Gesicht unter all den Fremden. Ihr Treffen war doch schon lange vereinbart worden. Sie hatten an Weihnachten zuhause darüber gesprochen, sogar den Fahrplan studiert. Vreni hatte all die Einzelheiten in ihrem letzten Brief erneut erwähnt.

Die Wärme des Zuges verschwand rasch aus ihrem Körper, als die feuchte Winterluft unter ihren Mantel strömte. Vreni zitterte vor Kälte und hielt ihren Mantel mit einer Hand zu. Sollte sie hier am Ende von Perron 7 warten oder im Bahnhof herumgehen? Wo war Margrit? Auf der anderen Seite der Halle erblickte sie das Schild «Handgepäck». Sie könnte einen Schritt voraus tun und ihr Köfferchen dort aufgeben, aber was wäre, wenn Margrit sie dort nicht sehen und sie sich verpassen würden? Die Menschen bewegten sich reibungslos aneinander vorbei wie von einer unsichtbaren Hand geleitet. Kaum zu glauben, dass so viele Leute täglich hier waren, während sie so viele Tage nur mit Peter verbrachte mit ab und zu den Buben, die ihr Gesellschaft leisteten. Ihre Kehle war trocken vor Durst, und der Koffer drückte auf ihre Finger. Sie setzte ihn ab und skandierte leise zu sich selbst: Mach dir keine Sorgen, mach dir keine Sorgen. Wie oft fuhren die Trams, alle fünf oder zehn Minuten? Vielleicht weniger häufig an Sonntagen. Wenn Margrit ihr Tram verpasst hatte, würde sie in einigen Minuten da sein. Du bist kein Kind mehr, sagte sie streng zu sich. Sie wird kommen.

Vreni bewegte sich in eine bessere Stellung und stand nun mit dem Rücken gegen die Schranke von Perron 7. Reisende gingen aus allen Richtungen an ihr vorbei, und nach einer Weile lichtete sich die Menge in einer Pause zwischen zwei Zügen. Etwas war nach nur wenigen Minuten in Bern klar: Sie brauchte einen neuen Mantel. Vreni nutzte die Zeit, die Mäntel der Frauen, die an ihr vorbeigingen, zu studieren. Die Mode hatte eindeutig geändert zu etwas mehr Vollrockigem, und sie war bereit, mitzumachen. Aber wieviel mochte ein Mantel heutzutage kosten?

Weiter weg neben dem Kiosk, einige dreissig Meter entfernt, lehnte sich ein junger Mann, den Rücken gegen sie, mit einer Hand an die Wand. Er redete intensiv auf jemanden ein, und als er sich umdrehte, sah Vreni die vertraute Pflaumenfarbe von Margrits Mantel. Die junge Frau riss sich von ihm los, und er streckte seine Hände nach ihr aus in einer dramatisch flehenden Geste, die ganz und gar unschweizerisch anmutete. Margrit kam direkt zu Vreni herüber und öffnete die Arme für sie. Bevor Vreni in der Umarmung versank, hatte sie gerade noch Zeit festzustellen, dass ihre Tochter sich verändert hatte. Es war weder Müdigkeit noch Stress, was Vreni sah, obwohl beides sich auf Margrits Gesicht abzeichnete. Etwas Besonderes fehlte. Das Leuchten war verschwunden.

Teil 2

Margrit

Was für eine Art, die schlimmste Woche meines Lebens abzurunden. Ich hätte Luigi einfach mit seinen grossen, beschwingten Schritten vorbeigehen lassen sollen. Ich hätte dort bleiben sollen, wo ich war, seitlich an den Kiosk gelehnt mit einem Auge auf Perron 7, aber nein, ich musste meine Neugier befriedigen. Ging er mir aus dem Weg, oder konnte er mir immer noch helfen? Ich musste es wissen.

Ich war zu früh, Mami abzuholen. Ich weiss, dass sie es hasst, von zuhause weg zu sein, ich meine, alle wissen das von ihr. Und wir haben nur einige wenige Stunden zusammen. Ich wollte diese Zeit nicht mit einer schlechtgelaunten Mutter verbringen. Deshalb wollte ich sichergehen, das frühere Tram zu erwischen.

Ich habe sie umarmt, bevor sie etwas sagen konnte, und jetzt versuche ich, anhand der Spannung in ihrem Körper herauszufinden, wie verärgert sie ist. Oh Gott, sie hat Luigi gesehen. Ich kann nicht sagen, er sei ein Arbeitskollege, eher vielleicht ein Nachbar. Ich bin enttäuscht von ihm. Er war die ganze Zeit offen und ehrlich. Weshalb musste er am Ende so geheimnisvoll tun? Es wird dem, was wir miteinander hatten, nicht gerecht.

Ich halte mich immer noch an Mami fest, und die Umarmung dauert definitiv zu lange. Werde ich gleich in Tränen ausbrechen? Lächerlich. Ich lasse sie los, und wir treten etwas zurück und mustern uns vorsichtig. Mamis buschiges Haar ist unter einen blauen Filzhut gepresst, der das Neueste ist, was sie trägt. Er mag recht nett aussehen mit einem Deux-Pièces oder ähnlichem, aber er passt ganz und gar nicht zum braunen Mantel und den schwarzen Knöchelstiefeln. Besser nichts über den Koffer sagen. Es ist schwierig, ihr ins Gesicht zu blicken, weil Frauen in ihrem Alter so etwas Herzzerbrechendes haben. Ich habe nichts gegen alte Gesichter, aber Mami schaut aus wie eine junge Person mit einem Leichenbittergesicht, als hätte sie gerade eine grosse Tragödie oder etwas Ähnliches überstanden. Normalerweise bemerke ich das bei ihr weniger, aber wenn ich sie einige Zeit nicht gesehen habe, erschrecke ich, wie sehr sie mit dem Alter welk wird. Oh, die Blumen! Ich habe sie liegen lassen.

«Warte hier!»

Ich rase hinüber zum Ort, wo ich gestanden habe, und dort liegen meine gelben Tulpen. Als ich zu ihr zurückkomme, sehe ich den Anflug eines Lächelns.

«Nochmals von vorne. Willkommen in Bern, Mami. Es ist schön, dich zu sehen. Es tut mir wirklich leid, dass ich zu spät bin. Ich brenne darauf, bei einem Kaffee oder Mittagessen alle Neuigkeiten zu erfahren. Sollen wir mittagessen gehen? Du musst müde sein. Da, nimm die Blumen und lass uns den Koffer dort drüben einstellen.»

«Danke, Liebes. Eins nach dem andern.»

Die ganze Zeit, während ich den Koffer bei der Gepäckabgabe deponiere, schaut mich Mami auf ihre Art prüfend an, als würde ich etwas Aussergewöhnliches tun, und ich überlege mir eine Ausrede für Luigi. Ach, was hilft es, etwas Blödes zu erfinden, ich werde nur sagen, er sei ein Verehrer, ein nichtsnutziger Italiener, den ich loswerden müsse.

Mist. Wie soll ich den Rest des Winters ohne ihn überstehen? Ich traf ihn an einem der heissesten Tage im August. Ich ging allein im Marzili sonnenbaden. Man könnte sagen, Ärger sei vorprogrammiert, aber ich hatte einen freien Tag und niemanden, der mit mir kommen konnte, und ich mochte es kaum erwarten, mich rasch auszuziehen und ins kühle Wasser zu steigen. Ich nahm ein Bürli und eine Flasche Orangina mit und hatte vor, nur kurz zu bleiben, schnell schwimmen zu gehen und mich dann abzutrocknen.

Ein normaler junger Schweizer würde nie tun, was Luigi tat. Er legte sein Frottiertuch einfach neben mich, etwas zu nah, und sagte, wie schön ich sei. Es war so lächerlich, dass ich lachen musste. Ich wusste, er meinte es nicht sehr ernst, und das mochte ich. Ich brachte ihm an diesem Tag ein neues Wort bei: Schlingel.

Unsere ersten zwei Rendez-vous hatten wir in Parkanlagen. Wir streiften durch den Rosengarten und über die Kleine Schanze. Ich wollte ihn beim Bärengraben treffen, aber er sagte, er könne nicht dorthin, die Bären würden ihn zum Weinen bringen. Wir wanderten herum und sassen dann eng aneinander gekuschelt, und manchmal küsste er mich flüchtig auf den Nacken oder in die Armbeuge und gab mir auch normale Küsse. Er war herzig und lustig, wenn er wie ein Kind Berndeutsch sprach.

Bei unserem dritten Treffen spazierten wir am Aareufer, und er erzählte mir von seinem Dilemma. Er hatte eine Verlobte in Puglia und sparte, damit sie hierher kommen und mit ihm leben konnte. Sie würde angeblich mit einem Mädchen zusammenwohnen, und wenn sie beide genug gespart hätten, würden sie heimfahren und eine grosse Hochzeit feiern. Ihr Name war Angela, und er liebte sie. Aber er wollte mich weiterhin sehen, nur wenn ich einverstanden wäre und nur, bis Angela käme. Sein Argument war, dass es für uns beide gut sei, eine andere Nationalität auszuprobieren, wie man einen neuen Drink probiert, meinte er. Und ich würde weniger einsam sein, sagte er, und wandte mir seine ausdrucksvollen braunen Augen zu, um mir die Tiefe seiner Einsamkeit zu zeigen. Ich brach in Lachen aus und zog ihn an mich. Er lehrte mich ein neues Wort an diesem Tag: deliziosa.

Gut, da ich sah, in was für einer besonderen Situation ich mit Herrn Fasel stand, und da ich nichts Ernsthaftes beginnen wollte, dachte ich: Warum nicht? Ich habe keine Zeit für das ganze Tamtam, das die Leute rund um Liebe und Herzschmerz und Eroberung eines Mannes machen. Ich bin eine moderne Frau und muss nicht in ein überaltertes Modell passen. Je mehr ich darüber nachdachte, desto perfekter schien es mir zu sein. Luigi würde keine Ansprüche stellen, er würde mich nur durstig machen und gleichzeitig diesen Durst stillen. Es war ohnehin höchste Zeit, dass ich mehr Erfahrung sammelte.

Es ist noch etwas zu früh für ein Mittagessen, aber ich weiss nicht, was ich sonst mit Mami anfangen soll. Das Wetter ist nicht ideal für Besichtigungen. Vielleicht das Historische Museum. Ich bin schockiert, als sie mir sagt, sie habe 7 Franken 50 zur Verfügung.

«Für eine Woche?»

«Für heute. Ich werde im Spital kein Geld ausgeben, oder?»

«Nun, ich habe ungefähr gleichviel. Ich kenne einen Ort, wo wir hingehen und später etwas Gutes essen können, aber wenn du einige Franken für Zeitschriften oder Schokolade oder was auch immer aufheben willst, könnten wir in der Bäckerei einen Käsekuchen kaufen und in mein Zimmer gehen.»

Sie sieht unsicher aus, vielleicht enttäuscht. Ich brauche einen Geistesblitz.

«Warte, ich habe eine Idee. Wir könnten uns einen Film anschauen? Halt dich fest, ich kann eine Zeitung kaufen mit dem Kinoprogramm.» Ich will gerade zum Kiosk hinübergehen, aber Mami zieht mich am Ärmel zurück.

«Um Himmels Willen, Margrit, nicht so schnell! Du bist nervös wie ein Fohlen. Ich bin nicht nach Bern gekommen, um mit Hunderten von Leuten in einem dunklen Saal zu sitzen. Ich will dich sehen und mit dir reden. Warum gehst du mit mir nicht in ein nettes Café in der Nähe und beginnst mir von diesem jungen Mann zu erzählen, mit dem du dich vor ein paar Minuten unterhalten hast.»

Sie hakt mir ein, was ich, wie sie weiss, hasse, und die Leute müssen einen Bogen um uns machen, als wir durch die Lauben der Marktgasse zum Café Capitol hinuntergehen. Die alte Serviertochter nimmt unsere Bestellung auf, und Mami bewundert alles, die Stühle, die Tische, die Bilder an den Wänden. Und ich möchte sagen, ja, ich weiss, es ist ein Café. Aber dann kommen die Kaffeetassen, und auf dem Unterteller gibt es den Kaffeerahm in fingerhutkleinen Schälchen aus Schokolade und das löst erneut Begeisterung bei ihr aus. Bis sie sich auf einmal erinnert, was sie fragen wollte.

«Willst du nun erzählen, was es mit dem jungen Mann auf sich hat, mit dem du so ernsthaft sprachst und der dich Mutters Zug vergessen liess?»

Ich mag die Art, wie sie mich mustert, nicht. Ich ziehe meinen Pullover aus und lege ihn über die Rückenlehne meines Stuhles. Es ist warm hier. «Das ist ein Nachbar, Luigi.»

«Luigi?»

«Ja, Mami, er ist Italiener. Ich lief ihm am Bahnhof zufällig über den Weg, er ist unterwegs nach Brig, um seine ... seine Schwester abzuholen. Und er beschwerte sich über die Kontrollen, die sie an der Grenze machen, dass sie deshalb Angst haben könnte. Oder sie könnten aufgehalten werden und den Zug zurück verpassen.» Sie nickt, als würde das alles Sinn machen, so dass ich weiterrede. «Ich wollte ihm bloss alles Gute wünschen und weitergehen, aber dann lud er mich zu einem Rendez-vous ein, und ich sagte Nein, und er wollte mich überreden. Er ist ein Schwätzer, ich kam nicht los und beachtete nicht, wie spät es war.»

Sie sagt nichts, und ich merke, dass sie den Trick anwendet, die andere Person weiterreden zu lassen, indem du nichts kommentierst, bis sie etwas preisgibt. So höre ich auf und lächle.

«Er schien sehr vertraut mit dir», sagt sie schliesslich und presst die Lippen missbilligend zusammen.

Ich möchte nicht noch mehr Zeit damit verlieren und bitte stattdessen um einen ausführlichen Bericht über jeden der Buben, ob sie brav sind, wieviel sie für Papi arbeiten und ob Marcel mit dem Lernen zurechtkommt. Mami hat immer viel zu erzählen über meine Brüder, und während ich mit halbem Ohr zuhöre, denke ich an das Gespräch mit Luigi am Bahnhof und fühle mich wie eine zerbrochene Vase, als ob ich in diesem langweiligen kleinen Café in Scherben zersplittern würde.

Und ich bin mir nicht einmal sicher, ob ich Luigi richtig liebe. Aber ich brauche ihn, und es ist der schlechteste Moment, mich wegen Angela fallen zu lassen. Es wäre der Moment, wo er mir helfen könnte, wenn er nach Büroschluss draussen auf mich warten und den ergebenen Verlobten spielen würde. Wenn Herr Fasel sehen könnte, dass ich jemand Seriöses in meinem Leben habe, könnte mich das aus der Situation retten, in der ich mich befinde. Ich nehme an, das ist teilweise ein Grund, weshalb Mädchen sich gerne binden, es schreckt die Geier ab.

Mami steht auf, um die Toilette zu benutzen, und ich sehe, dass sie etwas komisch geht. Ich sollte sie über das Gesundheitsproblem ausfragen, aber ich möchte lieber nicht zur Sache kommen. Schade, dass ich ihr nicht von meinem Problem erzählen kann. Oder eigentlich niemandem. Luigi würde es verstehen, weil er eine andere Seite von mir gesehen hat und nicht urteilt. Aber er ist jetzt im Zug nach Brig und für mich keine Hilfe mehr.

Das Café ist voll, aber ziemlich ruhig, weil es vor allem Männer hat, die Zeitung lesen. In einer Ecke wird ein einziger heftiger Jass in einer Wolke aus Zigarettenrauch geklopft. Um diese Zeit sieht man auswärts wenige Frauen, zumindest keine Ehefrauen. Das Mittagessen am Sonntag kocht sich nicht von selbst. Ich nehme an, Herr Fasel wird bald in seiner grossen Villa im Kirchenfeld Platz nehmen und sich eine üppige Mahlzeit vorsetzen lassen. Ich hoffe, er erstickt daran.

Da kommt sie zurück. Sie sieht tatsächlich müde aus. Als sie sich setzt, greife ich über den Tisch und tätschle ihre Hand.

«Willst du mir mehr über die Operation berichten? Müssen das in deinem Alter alle machen lassen?»

Ein Ausdruck von Unmut huscht über ihr Gesicht, und sie blickt nach links und rechts, als könnten Spione in der Nähe sein. Als sie zu sprechen beginnt, ist ihre Stimme nur ein Wispern.

«Ich will das hier nicht erklären. Ich erzähle es dir, wenn wir irgendwo unter uns sind. Aber das Meiste kennst du. Ich werde zwei Wochen lang im Spital sein und dann eine Woche im Erholungsheim in der Stadt. Und dann wird es, so Gott will, geheilt sein, und spätestens an Ostern bin ich wieder auf den Füssen.»

«Richtig. Und du musst um halb fünf zurück am Bahnhof sein.»

«Eher um vier Uhr.»

«Kein Problem. Ich werde mit dir im Bus in die Frauenklinik fahren. Und nun, was soll es sein? Die Berge, Geschichte oder Kunst?» Sie schaut etwas verwirrt auf. «Ich meine, welches Museum möchtest du besuchen?»

Mami sagt mit einem langen Seufzer: «Ich bin all dem heute nicht gewachsen, entschuldige, mein Liebes.»

«Was willst du denn unternehmen?»

Eine Stunde später sind wir zurück in meinem Zimmer, und Mami ist einverstanden, sich hinzulegen. Ich habe die Wolldecken aufgerollt, um daraus zusätzliche Kissen zu machen, und sie scheint sich ganz wohl zu fühlen. Ich weiss jetzt alles über Prolaps, einen Gebärmuttervorfall, und brauche frische Luft. Aber das ist kein Problem, weil wir beschlossen haben, ein Picknick in meinem Zimmer zu machen und ich gleich viele gute Sachen einkaufen werde.

Ich gehe in die bekannte Bäckerei im Breitenrain. Der Spaziergang wird mir guttun. Ich bin mir nicht gewohnt, dass Mutter schwach ist, finde es seltsam. Als ich den Nordring überquere, kommt mir eine Szene aus meiner Kindheit in den Sinn, als ich im Bett und zu müde war, mich zu bewegen. In der Erinnerung bin ich mit ihr im Bett. Warum wäre ich sonst im Schlafzimmer der Eltern? Neben Mutters Bett steht eine Krippe mit einem Baby, und es hört nicht auf zu weinen, aber Mami tut keinen Wank.

Diese Babys können mir jetzt nicht helfen. Vielleicht wenn ich einen älteren Bruder hätte. Ich stelle mir diesen grösseren, klügeren Bruder, dem ich alles anvertrauen kann, vor. Er stürmt ins Büro und schlägt dem Boss ins Gesicht, schlägt ihn bewusstlos. Da ist ein klein wenig Vergnügen dabei, nur schon in der Idee.

Weshalb habe ich das mit Herrn Fasel völlig falsch verstanden? Ich erinnere mich, dass Frau Wick in den letzten Wochen des Sekretärinnenkurses uns Mädchen eine besondere Rede hielt. Wir fanden es alle schrecklich peinlich und zugleich faszinierend. Glücklicherweise machte sie es kurz. Es lief darauf hinaus, dass sie uns riet: Was auch immer ihr tut, lacht nicht, wenn ihr euch nicht wohl fühlt. Männliche Kollegen wollen euch testen, sie wollen sehen, wie weit sie gehen können. Euer Lachen bedeutet so viel wie eine Erlaubnis. Versucht deshalb nicht, die Dinge geradezubiegen, indem ihr nett seid. Seid ungeschickt und langweilig und entfernt euch vom Schauplatz, wenn etwas anfängt.

Das ist alles schön und gut, aber wie verhält man sich, wenn das Lachen vor dem Berühren beginnt? Was, wenn du zu viel Lachen weitergibst, bevor du weisst, was los ist? In Frau Wicks Szenarium waren die bösen Kerle unverschämt und aufdringlich. Sie waren nicht lustig und charmant. Sie rühmten dich nicht die ganze Zeit und gaben dir nicht das Gefühl, umsorgt zu sein, stellten dein Pult nicht weg von der Zugluft und kauften dir nicht den Tee, den du mochtest. Sie kamen nicht mit roten Augen zur Arbeit und sahen nicht so schrecklich unglücklich aus. Sie beteuerten nicht ihren tiefen Respekt für dich, bevor sie eine Kampagne der flüchtigen Berührungen begannen, die ein besonderes Einverständnis zwischen euch zu widerspiegeln schien. Hier eine Hand auf der Schulter, dem Unterarm, dort eine Hand auf dem Knie, im Kreuz. Genug, dass dir schwindlig wird. Sie baten dich nicht, bis spät zu bleiben und ihnen beim Aufräumen nach dem Geburtstags-Apéro zu helfen, noch waren sie attraktiv und kultiviert, diese gefährlichen Männer. Sie versteckten ihre Klauen nicht, bis es zu spät war.

In der Bäckerei kaufe ich alles, was mir ins Auge springt. Schinkengipfeli, Käseküchlein, zwei Stück Sahnetorte, eine Flasche Süssmost. Ich habe noch Käse und Birnen auf dem Fenstersims. Das wird ein Fest.

Ich eile zurück, erpicht darauf, von der Kälte und meinen düsteren Gedanken wegzukommen. Frau Käser kommt im Gang an mir vorbei, bevor ich bei der Treppe bin. Sie starrt demonstrativ auf meine Confiserie-Schachteln und schüttelt missbilligend den Kopf. Sie mag es nicht, wenn wir Mädchen in unseren Zimmern essen, und wir dürfen die Küche während der Woche nur sehr begrenzt benutzen. Erwartet sie, dass wir uns von dünner Luft ernähren?

Mutter sitzt aufrecht und liest eine meiner Zeitschriften, als ich das Zimmer betrete, diejenige mit Grace Kelly und ihren Babys auf dem Titelblatt. Das Radio spielt Volksmusik.

«Es ist gemütlich hier», lächelt sie. «Nun, was für Leckerbissen hast du mitgebracht?»

«Du wirst es sehen. Bleib wo du bist, ich stelle alles aufs Tablett.» Ich hole zwei Teller und verteile die schmackhaften Backwaren mit Birnenscheiben und einem Löffel aus ihrer eigenen Kürbiskonserve. Ich nehme zwei Gläser Süssmost und stelle sie auf das Tischchen neben dem Bett. Sie streicht eine Falte in der Mitte des Bettes glatt, und wir sitzen beidseits des Tabletts mit Geschirrtüchern auf dem Schoss.

«Das ist das wahre Leben», sagt Mami und beisst in ihr Schinkengipfeli.

Ich blicke mich im Zimmer mit dem handgeflochtenen Teppich auf dem Boden um. Frau Käsers sperriger Schrank und die Kommode nehmen den grössten Platz ein. Aber die Tapete und die Vorhänge sind frisch und hell, und die Bilder von Paris, New York und Südfrankreich, die ich selbst gekauft habe, erfreuen das Auge. Alles sauber und aufgeräumt, wie ich es mag, wie Mami es mir beigebracht hat. Es fällt mir auf, dass dies das Zimmer einer jungen Frau ist, die ihrem Ansehen noch keinen Schaden zufügen musste. Es gibt noch keine Anzeichen des Aufruhrs im letzten halben Jahr.

Als wir satt sind, räume ich die Resten für später weg, und wir haben einen kleinen Disput, wie wir die Kosten für die Mahlzeit aufteilen sollen. Ich lasse Mami gewinnen. Die Musik hat auf alte Tänze mit Orchester gewechselt.

Ich sitze auf einem Kissen auf dem Boden, den Rücken an den Schrank gelehnt, und versuche, Mami aus der Reserve zu locken. Je mehr sie redet, desto besser. Sie erzählt mir, dass sie beschloss, sich gegen Papi zu stellen wegen der Eingeklemmten für die Abstimmung, und wie sie zuletzt nachgab. Wir lachen beide über das Bild, wie Papi unansehnliche Sandwiches macht. Ich erkundige mich, was für Anweisungen sie der jungen Cousine gab. Dieses Mädchen bekommt eine Menge Arbeit. Dann kommt mir der neue Verdingbub in den Sinn.

Als ich an Weihnachten heimkam, war Ruedi immer noch ungemein schüchtern und redete nur, wenn man ihn ansprach. Das arme Würmchen wusste nicht, wo er stehen oder sitzen sollte, wenn die Familie anwesend war. Wir fühlten uns unbehaglich. Mami versuchte, ihn zu beschäftigen, aber das Wetter war schrecklich, und es gab kaum etwas zu tun. Eines Nachmittags holte ich unsere alten Spiele aus der Kommode im Gang und brachte ihm Ludo und Jass bei. Wir wurden zu einem festen Zweiergespann, und ich entdeckte, dass er lächeln konnte. Er erzählte mir, er möchte, wenn er gross sei, bei der Eisenbahn arbeiten. Er war einmal Zug gefahren. Der Billettkontrolleur hatte ihm grossen Eindruck gemacht. Ich begann ihn, während wir spielten, Kondukteur zu nennen, und er mochte das sehr.

«Wie geht es mit Ruedi?»

«Dem Verdingbub?»

«Ja, Ruedi. Ich fand, er war nett, als ich ihn an Weihnachten sah. So hilfsbereit.»

«Gestern zerbrach er den Milchkrug. Liess ihn zu Boden fallen, als Hugo in die Küche kam und ihn erschreckte.»

«Oh je, aber wie kommt er zurecht? Beginnt er immer noch zu zittern, wenn das Zimmer voller Leute ist?»

«Es geht ihm gut. Du warst zu vertraut mit ihm, Margrit. Es ist keine gute Idee, diesen Kindern gegenüber Zuneigung zu zeigen. Sie bekommen einen falschen Eindruck.»

«Ein wenig Freundlichkeit zumindest?»

«Freundlichkeit ist das eine. Ich bin nie unfreundlich gewesen. Aber wenn eine gewisse Distanz besteht, können sie damit besser umgehen. Meinst du etwa, die Nonnen würden herumgehen und sie umarmen und küssen?»

«Sie haben ein hartes Leben.» Ich spüre einen Druck in meiner Kehle, als würde ich meine Gefühle unterdrücken.

«Stimmt.»

«Und niemand beschützt sie.»

«Ich beschütze sie. Ich schaue zu Ruedi. Bei uns hat er warm, bekommt Kleider und Essen. Er geht zur Schule, und Papi hilft ihm bei den Rechenaufgaben. Niemand von uns hat ihn je geschlagen.» Zwei rote Stellen in der Grösse eines Fünffränklers zeigen sich auf ihren Wangen, und sie lässt ihre Beine auf den Boden zurückbaumeln. «Weisst du, was das Wichtigste ist für Buben wie ihn am untersten Rand der Gesellschaft? Sie müssen lernen, hart zu arbeiten, sich nützlich zu machen. In einigen Jahren wird er auf sich allein gestellt sein. Sie bleiben nicht lange herzige Kerlchen.»

Mein Atem geht schneller. «Ich finde, wenn jemand sich unter deinen Schutz stellt, solltest du mehr Zuneigung zeigen. Warum nicht ein wenig Liebe?» Und in diesem Moment merke ich mit Entsetzen, dass ich den Tränen nahe bin.

«Liebe? Du sprichst wie ein Mädchen, das keinen einzigen Tag wirklich gearbeitet hat. Liebten sie dich in der Handelsschule? Lieben sie dich im Büro des Kostenplaners?»

Ich bedecke mein Gesicht mit den Händen und versuche, meinen jähen Ausbruch von Schluchzern zu dämpfen. Es nützt nichts. Die Gefühle überwältigen mich. Ich spüre fast im gleichen Moment Mamis Arme um meine Schultern. Sie kniet neben mir und versucht mich zu beruhigen, wiederholt ihren alten Kosenamen für mich: Schätzeli. Ich kann meine Hände nicht vom Gesicht wegnehmen. Ich schäme mich über meine Schwachheit und Dummheit. Aber sie bleibt da und wartet, bis mein Schluchzen nach und nach aufhört und ich nur noch leise weine, während ich mich an ihren tröstenden Busen lehne.

Nach einer Weile führt sie mich zum Bett und holt einen feuchten Waschlappen, um mein Gesicht abzutupfen. Ich versuche, ihrem Blick auszuweichen, aber sie geht nicht weg. Sie sitzt da und hält meine Hand.

«Etwas liegt dir wie ein Stein auf dem Herzen, mein Mädchen. Willst du jetzt darüber sprechen, oder soll ich dir zuerst Tee machen? Wir müssen darüber sprechen. Besser, du akzeptierst das.»

Es gelingt mir, das Wort Tee krächzend herauszubringen, und sie geht mit meiner Teekanne und einer Handvoll getrockneter Kamillenblüten in die Küche. Was habe ich getan? Tränen zuzulassen ist nicht mein Stil. In Anwesenheit einer Person zu weinen ist sozusagen gegen meine Religion. Und jetzt plötzlich ist sie die Expertin? Sie hat keine Ahnung von meinem Leben. Was weiss sie schon von der Welt, sie, die Angst davor hat, ins Dorf zu gehen, weil sie dort einer anderen Hausfrau begegnen könnte? Es ist lächerlich. Und warum ist sie nicht etwas sanfter mit Ruedi? Was ist mit dem Wort mütterlich?

Ein plötzliches Schuldgefühl überfällt mich, und ich bedecke erneut mein Gesicht. Meine Mutter liebt mich. Sie hat nichts falsch gemacht, und sie ist auf meiner Seite. Die Person, auf die ich wütend sein sollte, ist ein Mann, der sogar älter ist als sie, ein so genannter Mann von Welt, der seine Position missbraucht, um andere zu dominieren. Es geht nicht nur um mich, es geht darum, wie er die jüngeren Angestellten und den Lehrling behandelt. Nur Gott weiss, wie er seine Frau behandelt. Ich mag nicht an sie denken.

Ich drehe mein Gesicht zur Wand und starre in die Leere meines Elends. So also fühlt es sich an, wenn man die Hoffnung aufgibt. Als würde man sich in einem tiefen, dunklen Wald ohne Wege aufhalten, und kein Licht dringt durch die Bäume, ganz anders als im Wald zuhause, der in jeder Jahreszeit hell und einladend ist. Das da ist der dornige, überwachsene Wald aus den gruseligsten Märchen, der schlimmste Ort, den du dir zum Wandern ausdenken kannst, verloren und hoffnungslos.

Mami kommt zurück, und wir trinken zusammen Tee. Sie bleibt ruhig und wachsam, während der letzte Seufzer durch meinen Körper geht. Schliesslich nimmt sie mir die leere Tasse ab und stellt sie auf das Nachttischchen. Sie legt ihre Hand auf meine und wartet.

«Eigentlich bist du die Patientin», sage ich, und wir tauschen ein melancholisches Lächeln aus.

«Geht es um den Italiener?», fragt sie.

Ich ziehe meine Hand weg, verärgert. Wenn sie in diesen blöden alten Schwarz-Weiss-Begriffen denkt, wie soll ich ihr dann etwas erklären?

«Nein», kann ich mich selbst hören, im Ton eines gereizten Teenagers. «Nein, Luigi ist mehr eine Art Freund, Mami», sage ich weicher, «ich meine es wirklich. Er ist ein anständiger junger Mann. Wir haben uns eine Weile getroffen, und diese Woche kam es zu einem Ende. Das ist alles.»

«Also hat er dein Herz nicht gebrochen?»

«Nein, um ehrlich zu sein, nein. Aber er muss mir wichtiger gewesen sein, als ich realisiert habe. Ich werde ihn vermissen.»

«Aber du bist nicht in ... Schwierigkeiten?» Bevor ich verneinen kann, verspricht sie sich, jedes Kind von mir wie ihr eigenes zu lieben.

«Nein, Mami, das ist es nicht. Ich bin nicht schwanger. Ich bin in einer schwierigen Lage, einer ausweglosen Situation. Ich weiss nicht, wie ich es beschreiben soll. Würde es sich um eine Heldin in einem deiner Bücher handeln, würde ich sagen, ich werde erpresst.»

Ihr Gesicht wechselt von Schock über Sympathie zu Ärger.

«Ich kann es dir erzählen, wenn du versprichst, ruhig zu bleiben. Ja?»

Ich sehe, wie sie sich zusammenreisst angesichts der ausser Kontrolle geratenen Gefühle. Sie will mir nicht Angst machen. Schliesslich faltet sie die Hände wie zum Gebet und nickt mir zu.

«Ich bin bereit», sagt sie.

Es ist so weit, denke ich. Ich bitte sie, kurz aufzustehen und hole unter der Matratze vier Briefumschläge hervor, die ich ihr aushändige.

«Herr Fasel hat mir diese gegeben.»

Sie zählt das Geld und schaut mich betroffen an. «Dreihundert Franken. Was ums Himmels Willen geht da vor?»

«Es ist kompliziert.»

«Ich versuche, geduldig zu sein, Margrit. Sag mir, wofür ist dieses Geld?»

Ich kann ihr nicht ins Gesicht schauen. «Er erwartete etwas als Gegenleistung. Er nannte es einen Bonus für meine gute Arbeit, aber es war eher eine Anzahlung. Ich versuchte, das Geld abzulehnen, aber er wollte es nicht zurücknehmen. Und so nahm ich es und dachte, gut, er kann mich nicht zwingen. Er wird die Botschaft gelegentlich verstehen und aufgeben.»

«Aber er gab nicht auf?»

«Nein.» Ein unerwünschtes Bild von Herrn Fasel vom letzten Freitagabend drängt sich mir auf. Sein Gesicht, nahe von meinem. Ich kann die kleinen Blutgefässe auf seinen Wangen sehen, die Stacheln seines Barts und die tiefen Furchen auf beiden Seiten des Mundes, als er sich nach vorne beugt, um mich zu küssen.

«Aber du hast gesagt, du würdest erpresst? Ich verstehe nicht ...»

Ich befürchte, sie wird es nicht verstehen, selbst wenn ich es erkläre. Ich hoffe, die richtigen Worte zu finden. «Alles änderte sich am Freitag. Es war sein Geburtstag, und er brachte zwei Flaschen Weisswein und sechs Gläser mit zur Arbeit. Alles schön in einen speziellen Korb gepackt. Er sagte, wir könnten alle früher aufhören, und er rief mich in sein Büro, damit ich ihm bei der Vorbereitung des Apéros helfe. Als wir das Tischtuch und die Gläser bereitlegten, packte er mich an den Hüften, um an mir vorbeizukommen, er kam zu nahe an mich heran, und solche Sachen. Nichts Aussergewöhnliches. Ich liess es über mich ergehen.

Dann kamen alle herein und standen eine Weile mit ihren Gläsern Wein herum, und Herr Fasel schenkte mir zwei- oder dreimal nach. Nach dem ersten Anstossen und den Geburtstagswünschen harzte die Konversation. Niemand wollte über Politik diskutieren, deshalb redeten sie über Eishockey und ihre Ablieferungstermine, und ich hörte zu und lächelte. Ich dachte an Luigi, der mir diese Woche aus dem Weg gegangen war, und stellte mir vor, was ich ihm sagen würde. Ich war zerstreut. Ich hatte keine Ahnung, wohin das alles führen würde.

Natürlich waren die Burschen ungeduldig, zu gehen und ihr Wochenende zu beginnen. Kaum stand ich in der Gruppe und liess mich mit der Konversation berieseln, da schlüpften sie auch schon in ihre Mäntel und machten sich aus dem Staub. Er bat mich, für ihn die Gläser abzuwaschen, während er aufräumte.

Ich zittere, aber ich will diese Geschichte auch für mich klären. Mami nickt mir zu, weiterzufahren, ihr Gesicht ist ernst. «Ich dachte, er flirte einfach mit mir, und ich könnte damit umgehen. Ich dachte nicht im Traum daran, er könnte sich mir aufdrängen. Als ich mit den sauberen Gläsern auf einem Tablett zurückkam, deutete er auf das Pult, und ich stellte es dort ab. Das Nächste, was ich merkte, war, dass seine Hände überall an mir herumfummelten. Ich taumelte rückwärts, und er drückte mich an die Wand und versuchte, sich und mich gleichzeitig auszuziehen. Mein Jupe war um meine Taille geschlungen, und die ganze Szene fühlte sich derart eigenartig an, als würde jemand anderem etwas Schlimmes angetan. Das war vielleicht der Alkohol. Mami, ich liess es beinahe geschehen. Es schien unvermeidlich, lag nicht in meiner Hand. Ich bin keine passive Person, und ich kann nicht verstehen, weshalb ich mich ihm beinahe unterworfen hätte. Er war so entschlossen, sich seiner selbst so sicher.»

«Oh, Margrit, nein.» Sie bedeckt ihren Mund, und ich schaue wieder weg. Ich muss weitersprechen.

«Hinter ihm sah ich seinen Mantel und Hut am Kleiderständer. Und ich dachte: Das ist mein Chef. Das geht gar nicht. Auf einmal spürte ich mehr Wut als Angst. Ich schob ihn weg und schrie ihn an. Wir standen einander gegenüber, die Kleider in Unordnung, beide schwer atmend wie Schwinger. Ein verschlagener Ausdruck erschien auf seinem Gesicht, und er machte einen Schritt auf mich zu.

Er begann, mir einzureden, ich würde nie eine Stelle als Buchhalterin finden, überhaupt keine Arbeit mehr, wenn alle in Bern erführen, dass ich die Firma betrüge. Dann nannte er die Beträge, die er mir jeden Monat gegeben hatte, im Oktober, November, Dezember, Januar. Er wusste sie auswendig. Er sagte, er könne beweisen, dass ich dieses Geld aus seinem Pult gestohlen hätte. Er nannte mich eine Schlampe und noch Schlimmeres und kam die ganze Zeit näher. Er sagte, er wisse ganz genau, was ich seit dem ersten Tag, als ich ins Büro kam, gemacht habe. Als er ganz nahe vor mir stand, sagte er: Ein oder zwei Dinge werden hier passieren. Entweder unterwirfst du dich mir, oder ich werde dich ruinieren. Und dann küsste er mich, und das war das Schrecklichste überhaupt.» Ein Schauder durchfährt mich in diesem Moment, als ich daran denke, und Mami behält ihre Hand fest auf meinem Knie.

«Nimm dir Zeit», sagt sie mit vor Rührung erstickter Stimme.

Ich atme tief durch und erzähle weiter: «Ich wand mich aus seinem Griff und befahl ihm aufzuhören. Während ich meine Sachen zusammenraffte und so rasch wie möglich wegzugehen versuchte, kam er mir nach, redete ununterbrochen auf mich ein, wiederholte seine Drohung und erwähnte, wie wichtig er in Bern sei und dass wir dieses Gespräch am Montag weiterführen würden. Ich erinnere mich genau an seine Abschiedsworte. Er packte mich hart am Arm und sagte: ‹Du hast da etwas mit mir angefangen, Mädchen, und du wirst es durchziehen.›»

Die ganze Zeit, während ich rede, schlage ich meine Augen nieder, richte sie auf den Boden. Ich drehe mich um und schaue in Mamis Augen. Obwohl es unmöglich scheint, strahlen sie Sympathie und Wut gleichzeitig aus. Sie massiert ihr Gesicht mit ihrer grossen, starken rechten Hand, die ich ergreife, um die Bewegung zu stoppen.

«Dieser Mann», sagt sie, «dieser Mann wird dafür bezahlen.»
In ihren Worten liegt so viel Rachsucht, dass es mich wärmt. Sie hasst ihn ebenfalls. Sie hält zu mir. Aber wir können nichts tun, versuche ich ihr zu sagen.

«Er ist Mitglied der Burgergemeinde, er kennt die gesamte Stadtregierung, arbeitet in allen Gemeindeprojekten mit. Nichts ist passiert, ich meine, er hat mich nicht verletzt, und selbst wenn er es getan hätte, könnte ich es nicht beweisen. Wer würde mir glauben?» Ich hebe die Kuverts vom Boden auf und halte sie wie Beweisstücke hoch. Aber Beweise wofür?

Mami schüttelt langsam den Kopf. «Ja, er ist eine so genannte Respektsperson. Aber das ist auch sein Schwachpunkt. Er ist verheiratet, nicht wahr? Und er lebt hier in Bern. Wieviel Uhr ist es?»

«Was …? Was hast du vor? Wir können nichts tun.»

«Du hast wahrscheinlich Angst vor ihm, mein Liebes, aber ich nicht.» Sie ergreift mein Handgelenk und schaut auf meine Armbanduhr. «Es ist erst zwei Uhr. Es bleibt noch viel Zeit.»

«Mami, wir können nicht zu ihm gehen!»

«Warum nicht? Was hast du für einen Plan?»

Sie hat mich erwischt. «Keine Ahnung. Ich hatte vor, morgen nicht arbeiten zu gehen. Vielleicht nie mehr ins Büro zurückzugehen.»

«Und was dann? Willst du, dass er über dich üble Geschichten verbreitet und deine Chance, je wieder Arbeit zu finden, zerstört? Ins Dorf zurückkehren? Nein.»

«Ich will, dass du Papi und den Buben nichts sagst», bitte ich alarmiert.

«Natürlich nicht. Hör mir zu, wir müssen uns mit dem Hier und Jetzt auseinandersetzen. Hast du einen Schlüssel zum Büro?»

Alle Anzeichen von Müdigkeit bei Mami sind verschwunden. Sie tut geschäftsmässig, gibt Anweisungen. Je länger ich ihr zuhöre, desto mehr Chancen sehe ich für ihren Plan. Ich hätte nie gedacht, dass sie so hartnäckig sein könnte. Ich gebe mich in ihre Hände. Auf dem Weg zum Büro lehnt sie sich ein wenig an mich, und ich halte ihren Arm fester, froh, meinen Teil beizutragen.

«Ich muss dich noch etwas fragen. Ist dieser Vorfall mit Herrn Fasel das Schlimmste gewesen, was du je mit einem Mann erlebt hast?»

«Ja.»

«Gut.» Sie lächelt beinahe. «Das kommt wieder in Ordnung, du wirst sehen.»

Im Büro hole ich meine Schreibmaschine und einen Bogen Papier mit Briefkopf und setze mich an ein Pult beim Fenster, wo es heller ist. Ich setze eine auffallende Referenz auf und tippe Wörter, die er gern braucht wie zuverlässig, tüchtig und flexibel. Ich ziehe das Blatt heraus und übergebe es Mami.

«Meinst du wirklich, das wird funktionieren?» Sie blickt rasch darüber und nickt.

«Sehr gut», sagt sie. «Tippe das noch zwei Mal. Wo bewahrst du die Kuverts auf?»

Wir lassen alles so zurück, wie es war, und von der Türschwelle aus schaue ich nochmals kurz zurück. Mami legt mir eine Hand auf die Schulter. Ich war hier im letzten Frühling so aufgeregt. Nachdem ich zwei Jahre bei Loeb gearbeitet hatte, war das ein richtiger Schritt aufwärts. Nicht mehr Strümpfe und Parfüms verkaufen, sondern die Kosten von riesigen Bauprojekten ausrechnen. Zuerst mochte ich alles: mich morgens für den Bürotag ankleiden, über Stahlträger und Beton reden, Kaffeepausen mit Männern verbringen und Ordner anlegen. Die Juniorkostenplaner verliessen sich viel mehr auf mich als auf die letzte Assistentin, behaupteten sie. Der neue Lehrling wurde eigentlich von mir ausgebildet.

«Und jetzt gehts zum zweiten Teil», erklärt sie. Es ist jetzt nach drei Uhr. Wir müssen ganz Bern durchqueren, wenn wir um fünf im Spital sein wollen. Ich hoffe, ich mache keinen Riesenfehler.

Der Kondukteur sieht, dass wir versuchen, uns zu beeilen, und er lehnt sich hinaus, damit die Tür des Trams offenbleibt. Mami ist ausser Atem, und ich bedanke mich bei ihm für beide und bezahle das Fahrgeld. Wir müssen beim Casino umsteigen und das Tram nehmen, das über die Kornhausbrücke fährt. Hier verlieren wir zehn bange Minuten. Mami sieht bleicher aus als vorher, und sie beisst die Zähne zusammen. Vielleicht sollte ich versuchen, ihre Meinung zu ändern und dieses ganze Abenteuer zu streichen. Sie kann vielleicht nicht richtig beurteilen, was zu tun ist, sie hat fast ihr ganzes Leben nur zwischen Hof und Herd verbracht. Aber Recht hat sie in einem – dass mein Plan jämmerlich war.

Das Einzige, worüber wir uns nicht einig sind, ist das Geld. Ich möchte es ihm ins Gesicht werfen, aber sie findet, ich sollte es behalten und es nun als meinen Besitz betrachten. Ausserdem müsse ich von etwas leben, bis ich wieder Arbeit finde, meint sie. Als ich mein Sparkonto erwähne, ist sie entsetzt. Dieses Geld dürfe nicht angetastet werden. «Was – niemals?», frage ich. Offenbar sind Ersparnisse nicht da für Notfälle, sondern sollten für etwas Wichtiges eingesetzt werden, das man immer besitzen werde. «Wie einen Ehemann», scherze ich.

Es gibt jetzt wenig Anlass, heiter gestimmt zu sein. Wir steigen ins nächste Tram und sitzen nebeneinander ab. Mami seufzt und legt den Kopf in die Hand.

«Es sind nur zwei Haltestellen», erinnere ich sie. Nachher bin ich mir nicht sicher, wo genau das Haus sich befindet, aber ich habe die Adresse. Wir werden jemanden nach der Mottastrasse fragen müssen. Das Tram rüttelt und schüttelt, und unsere Haltestelle wird angesagt.

Die Häuser an der Strasse sind schön. Sie müssen aus dem letzten Jahrhundert sein, drei- und vierstöckige Stadthäuser, in verschiedenen Farben. Es sieht hier aus wie in einem anderen Land. Sehr verschieden von den einfachen Gebäuden und heruntergewirtschafteten Häusern in meinem Quartier.

Ich habe Bauchkrämpfe vor Angst, gleich werde ich mich übergeben müssen. Wir sind noch fünf Häuser entfernt, drei, zwei. Ich ziehe Mami zurück.

«Und wenn er nicht zuhause ist?»

«Komm jetzt», sagt sie sanft. «Ich übernehme das Reden.»

«Und wenn er uns die Tür ins Gesicht schlägt?»

«Dazu wird es nicht kommen.»

«Er könnte die Polizei rufen.» Ich weiss, dass ich mich wie ein kleines Kind anhöre, aber ich stehe das nicht durch. Ich möchte aufhören, umkehren. Wir sollten nicht hier sein und diesen Mann an seinem Sonntag zuhause stören. Ich kann keinen Schritt mehr vorwärtsmachen. Lästige Tränen schiessen mir in die Augen. Mein Herzschlag rast. «Na, na», sagt Mami entnervt, dreht sich zu mir um und legt mir die Hände auf die Schultern.

«Schau mich an. Wir sind den ganzen Weg hierher gekommen, und unsere Aufgabe wird nicht lange dauern. In fünf Minuten haben wir es geschafft, und du wirst ihn für immer los sein. Reiss dich zusammen, und lass mich das für dich machen. Ich habe keine Angst. Einverstanden, Margrit?»

Das Haus ist nur noch wenige Meter entfernt. Vielleicht spielt er ein Brettspiel mit seinen Kindern oder liest eine Zeitschrift neben dem Ofen oder macht, was Väter so machen an Sonntagen. Jetzt oder nie! Mamis Hände packen meine Schultern plötzlich fester. Sie schaut über mich hinweg. «Ist er das?», flüstert sie, und ich drehe mich um und sehe jemanden mit vertrauten, selbstbewussten Schritten näherkommen. Herr Fasel auf heimischem Boden.

Was nachher geschieht, ist völlig verwirrend. Keiner von uns weiss, wie er reagieren soll, am wenigsten Herr Fasel, der nicht wissen kann, ob das ein Überfall oder ein seltsamer Zufall ist. Es endet damit, dass ich meinem Chef meine Mutter vorstelle, als ob das ein zufälliges Zusammentreffen wäre, und sie grüssen sich. Sie muss die Führung übernehmen, bitte lass sie machen und uns hier herausholen.

«Margrit hat gerade auf Ihr schönes Heim gezeigt», sagt Mami mit einem gefährlichen Unterton in der Stimme, den er wahrscheinlich nicht interpretieren kann. «Wann wurden diese Häuser gebaut?»

«Die Strasse wurde in Etappen gebaut. Diese Reihe ist aus den 1890-ern», antwortet er, verwirrt die Stirn runzelnd.

«Nun, wir sind nicht hierhergekommen, um über lokale Geschichte zu reden», sagt sie und nimmt mir die Kuverts ab. «Eigentlich ist es ganz gut, dass wir Sie draussen antreffen, so müssen wir Ihre Familie nicht stören.» Ich bemerke, dass sie ihren Dialekt verfeinert, um seinen nachzuäffen.

«Was ist da los?», fragt er. Aber nicht wie ein Unschuldiger, die Farbe auf seinen Wangen verrät ihn. Ich fühle mich immun gegen ihn mit meiner Mutter neben mir. Ein angenehmes Gefühl.

«Margrit kommt nicht mehr zur Arbeit. Sie hat mich über Ihr Verhalten und Ihre Drohungen informiert.»

«Verrückte Weiber.» Er versucht, an uns vorbeizugehen, aber Mami versperrt ihm den Weg, und ihre Stimme wird lauter:

«Sie hören mir jetzt hier zu, Herr Fasel, oder ich werde so lange an der Tür läuten, bis Sie ganz Ohr sind.»

Er bleibt stehen und schaut sie mit Verachtung an. Zumindest versucht er, sich einen verachtungsvollen Ausdruck zu geben, aber seine Nervosität ist klar in seinen Augen zu erkennen.

«Wir sind dieselbe Generation, Fasel. Hören Sie auf, ein Spiel zu spielen. Sie wissen verdammt gut, worum es geht: um Ihr Techtelmechtel im Büro. Ich habe hier drei Kopien Empfehlungsschreiben für Margrit zum Unterschreiben. Gib ihm die Schlüssel, Margrit. Sie wird nicht mehr in Ihr Büro zurückkommen, da wir wissen, dass man Ihnen nicht trauen kann. Aber wenn ein zukünftiger Arbeitgeber Sie um Auskunft fragt, werden Sie in den höchsten Tönen von ihr sprechen. Das Extrageld, das Sie ihr gaben und das sie von Ihnen nie verlangt hat, wird sie behalten, es wird reichen für die Zeit, die sie braucht, um eine neue Stelle zu finden. Ist das klar?»

«Ich weiss nicht, wer Ihnen das Recht gibt ...»

«Ich bin die Mutter dieser jungen Frau, und Sie können froh sein, mit mir zu verhandeln und nicht mit ihrem Vater. Sie können auch froh sein, dass ich mit Ihnen verhandle und nicht mit Ihrer Gattin. So, haben Sie einen Kugelschreiber?»

Er wirft mir einen Blick purer Gehässigkeit zu und zieht einen Kugelschreiber aus seiner Westentasche. Die Briefe an Mamis dargebotener Handtasche haltend, unterzeichnet er drei Mal, geht dann um uns herum, als wären wir Vagabunden und eilt in sein Haus.

Ich werfe meine Arme um Mami und drücke ihren schönen, breiten Körper fest an mich. Es ist unsere zweite Umarmung heute, doch diese gehört ganz ihr. Wir gehen zur Tramhaltestelle zurück. Ich könnte vor Freude und Erleichterung rennen, aber ich passe mich ihrem langsamen Tempo an.

«Ich kann es kaum glauben, was du getan hast. Du warst unglaublich. Haben Sie einen Kugelschreiber? Meine Güte, wie Du mit ihm gesprochen hast. Wie ein Richter oder so jemand», sage ich kichernd.

«Das mochte er nicht, das stimmt!»

«Das mochte er ganz und gar nicht!» Ich könnte laut singen vor Freude. Aber warum ist sie so ruhig? «Mami, das hast du so gut gemacht. Bist du nicht zufrieden?»

Sie lächelt schwach. «Ich hoffe nur, wir werden nie mehr etwas von ihm hören, diesem Schwein. Das hat mehr Kraft gekostet, als ich dachte. Ich fühle mich, als wäre es ein echter Kampf gewesen. Schau, meine Hände zittern.»

Neue Gedanken beginnen in meinem Kopf zu kreisen. Wo werde ich in Zukunft arbeiten? Werde ich genug verdienen, um mein gemütliches Zimmer zu behalten? Vielleicht wird man mir gegenüber misstrauisch sein, weil ich meine Stelle so rasch verlassen habe. Wie werde ich das erklären? Was wird geschehen, wenn ich meine Arbeitskollegen in der Stadt antreffe? Was werde ich zu ihnen sagen?

Mami hat etwas gefragt, aber ich muss sie bitten, es zu wiederholen.

«Haben wir genügend Zeit, den Koffer abzuholen und um fünf im Spital zu sein?»

«Wir haben genug Zeit», versichere ich ihr, aber alles dauert so lange. Wir sehen ein Tram ankommen, doch wir erwischen es nicht, weil wir die Strasse nicht schnell genug überqueren können. Mami ist erschöpft vom vielen Herumgehen. Immerhin gibt es Sitzbänke an den Tramstationen. Mami kann wieder durchatmen und beginnt über Boote und Seen zu reden, aber, ehrlich gesagt, der Sommer ist für mich noch sehr weit entfernt.

Bern hat noch nie so grau und trostlos ausgesehen, jedes Grasbüschel an der Strasse ist zu Matsch abgetreten, mit einigen dünnen Streifen schmutzigen Grüns. Wird je wieder etwas blühen?

Ich mag es nicht erwarten, Luigi von der Konfrontation mit Herrn Fasel zu erzählen. Ich habe die letzten Monate ständig über meinen Chef gemeckert. Doch auf einmal fällt mir ein, dass ich das Luigi nicht berichten kann. Luigi hat mich abgehängt. Wir haben uns jeden zweiten oder dritten Tag getroffen. Ich habe meine Freundinnen von Loeb seit Monaten nicht gesehen.

Luigi und ich haben unsere Lieblingsplätze, Eingänge, Kinositze und Cafés. Wir kennen jede Ecke der Altstadt, die Trödelläden, die Keller-Tanzclubs, die beste Pizzeria, die einem traurigen Sarden mit einem grossen Schnauz gehört. Es wird nicht möglich sein, dass er sie zu all diesen Orten führt. Vielleicht wird er sich mit ihr nach neuen Lieblingsplätzen umschauen. Das wäre mir lieber.

Am Bahnhof lasse ich Mami an der Busstation warten und eile davon, um ihren Koffer zu holen. Sie verzieht das Gesicht viel stärker als vorher, und mir fallen kleine Tropfen Schweiss auf ihrer Unterlippe auf. Je schneller sie in ihrem Spitalzimmer ist, desto besser. Ich werde sie gar nichts machen lassen nach der Operation. Ich werde sie jeden Tag besuchen.

Nochmals eine Reise mit dem öffentlichen Verkehr. Wir werden zusammen in einen engen Zweiersitz gezwängt, und der Chauffeur knirscht mit den Gängen, als er den Hügel zum Spital hinauffährt. Wir sind seit Stunden unterwegs, und ich kann uns sehen wie zwei kleine Figuren, die sich auf einem Brettspiel rund um die Stadt bewegen.

«Alles in Ordnung, Mami?» Sie hat die Augen geschlossen.

«Ja. Mir ist nur etwas kalt, und ich bin müde. Bald sind wir dort.»

«Und du wirst Papi nichts über heute erzählen?»

«Nein, das hilft niemandem. Du tust dein Bestes, um rasch eine neue Stelle zu bekommen, und wir werden nichts sagen, bis alles geregelt ist. Du hast gute Qualifikationen. Du wirst es schaffen.»

Als wir an einer Kreuzung warten, fällt mir ein Ja-Poster auf, das ich bisher nicht gesehen habe. Es zeigt einen lächelnden Mann, der seine Ja-Stimme zeigt. Er hat eine Lippenstiftspur auf seiner Wange. Ein Weg, Aufmerksamkeit zu erregen, nehme ich an. Ich kann nichts mit Politik anfangen, aber diese Abstimmung scheint ein wichtiger Test zu sein. Entweder wir sind zusammen, Männer und Frauen, oder wir sind es nicht.

Zum ersten Mal frage ich mich, wie lange ich das tun kann. Es gibt zwar Stellen in Bern, aber die Bezahlung ist schlecht. Vielleicht würde es anders sein, wenn ich eine hübsche, kleine Wohnung mit eigenem Bad und Küche hätte. Wie lange kann man allein in einem Zimmer leben? Es scheint eine Lösung zu geben, nicht allein zu sein und ein besseres Leben zu haben: einen Mann zu finden. Ich glaube nicht, dass ich gegen die Ehe bin. Ich weiss einfach nicht, ob es für mich die richtige Art Mann gibt. Jemand, der nicht über mein Leben bestimmen würde. Luigi war so, aber für ihn war ich nur eine vorübergehende Ablenkung.

«Das Spital. Eben ist das Spital angesagt worden.» Mami gibt mir einen Stoss in die Rippen und drückt für alle Fälle den Stoppknopf.

Das Gebäude ist sehr gross, und es sieht schön aus mit all den erleuchteten Fenstern. Wir folgen den Schildern zur Aufnahme und gelangen in einen Empfangsraum mit etwa einem Dutzend wartender Frauen, einige in Begleitung. Wir müssen über verschiedene Taschen und Koffern steigen, um einen freien Sitzplatz zu bekommen. Ich nehme Mamis Brief und stehe in diskreter Distanz zur Person, die am Empfangsschalter sitzt. Aller Augen sind auf mich gerichtet. Es macht mir nichts aus. Offensichtlich gibt es kein System, wie man anstehen muss, und bis ich an die Reihe komme, bleibe ich stehen.

Ich konzentriere mich auf die Frau hinter dem Glasfenster, damit ich ihre Aufmerksamkeit bekomme, wenn ich an der Reihe bin. Sie wirkt zu alt und zu reich, um hier oder überhaupt irgendwo zu arbeiten. Sie trägt eine klassisch geschnittene Tweed-Jacke über einer beigen Seidenbluse. Soviel ich sehen kann, ist ihre Brosche in Form eines Frosches. Was für ein komisches Ding. Ihr gefärbtes Haar, einige Schattierungen zu dunkel, fällt in engen Wellen vom Haaransatz hinunter wie Wellblech. Der ganze Eindruck, kombiniert mit einem dunkelroten Lippenstift und einer Brille mit Diamäntchen, ist zu auffallend. Wenn sie fünfundzwanzig wäre und in Paris lebte, wäre das normal, aber wir sind hier in Bern, und sie muss über sechzig sein.

Sie unterbricht ihr Gespräch, um sich an mich zu wenden, gerade laut genug. «Ich rufe nach und nach die Namen auf. Sie können sich setzen.»

Gibt es etwas Langweiligeres als Wartezimmer? Bei Ärzten, Zahnärzten oder wo auch immer – die Zeit scheint stehen zu bleiben. Der langweiligste Lesestoff der Welt liegt auf oder, in diesem Fall, gar keiner. Ich hole ein Glas Wasser für Mami, und wir beobachten, wie die Anzahl wartender Frauen kleiner wird. Es ist noch nicht fünf, und sie müssen zuerst die 4.30-Leute abfertigen. Eine Putzfrau in blauer Schürze taucht auf, um den Abfalleimer zu leeren.

Endlich, als alle anderen sich angemeldet haben, bekommen wir unser Rendez-vous mit Fräulein Funkelnde Brille. Es zeigt sich, dass sie nett ist, sie lächelt Mami beruhigend zu, um ihr zu vermitteln, sie befinde sich hier in guten Händen. Sie nimmt geduldig alle Angaben von Mami auf und beginnt, eine Karte für sie auszufüllen, die sie auf die Abteilung mitnehmen kann. Und dann habe ich plötzlich ein komisches Gefühl. Jedes Mal, wenn ich mich umdrehe, starrt die Putzfrau uns an. Sie tut, als würde sie Stühle geradestellen, doch ich sehe, dass sie näher herankommt und die Ohren spitzt.

Meine Empfehlungsschreiben! Ich habe sie auf meinem Sitz liegen lassen. Als ich an der Frau vorbeikomme, um das Kuvert zu holen, schaue ich sie böse an, aber sie schaut schamlos zurück. Ich kann nicht anders, als ihr Aussehen mit meinem zu vergleichen, und es ärgert mich, dass sie wahrscheinlich, nach gewissen Standards, besser ausschaut als ich, obwohl sie älter und ungeschminkt ist und ihr aschblondes, mit einem Band zusammengehaltenes Haar wie ein Schulmädchen trägt.

Mami ist aufgestanden, und ich schleppe sie praktisch zum Lift. Ich habe genug von diesem Spital, dem Geruch, dem langweiligen Dekor, den niedergeschlagenen Frauen. Wir gelangen zur Abteilung und finden ihr Bett in einem Dreier-Zimmer. Ich will den Mitpatientinnen nicht vorgestellt werden, lege deshalb den Koffer aufs Bett und bitte sie, nochmals in den Gang hinauszukommen.

Sie will mit mir schwatzen, aber wir haben schon alles gesagt. Ich versuche, sie eine Weile aufzuheitern, und dann sage ich, es werde bereits dunkel, ich müsse gehen. Die Putzfrau kommt um die Ecke und hält an, als sie uns sieht. Sie dreht sich brüsk um und geht weg.

«Dort ist sie wieder. Sie hat uns unten angestarrt.»

Aber Mami hört nicht zu. Sie will mir nochmals die Zeit der Operation angeben, ich nehme an, sie braucht Zuspruch.

«Ich weiss, ich weiss, du hast es bereits gesagt. Schau, ich werde morgen Mittag zum Empfang kommen und fragen, wie es dir geht und wann ich dich besuchen kann. Jetzt bin ich ja jederzeit frei für Besuche, und ich werde jeden Tag vorbeikommen, wenn du magst. Und ich werde dir alles bringen, was du brauchst.»

Wir umarmen uns, und ich versuche, etwas von ihrer Verkrampftheit zu lösen.

«Was für ein Tag», bemerkt sie.

«Ja, was für ein Tag. Danke, dass du mich gerettet hast. Du weisst, du hast mich heute gerettet. Morgen beginnt für uns beide etwas Neues.»

«Und alles wird gut.»

«Alles wird besser als zuvor.»

Als ich um die Ecke gegen die Treppe abzweige, sehe ich die Putzfrau auf halbem Weg oben auf der Treppe in den oberen Stock. Sie hält sich am Geländer und schaut weg von mir. Ich halte unten an der Treppe absichtlich an, damit sie sich umblickt, aber sie eilt davon.

Teil 3

Esther

Als ich den Namen Sutter hörte, schrie ich vor Schreck beinahe auf. Das Einzige, was ich tun konnte, war, mich aufzurichten und trotz dem Aufruhr in meinem Kopf ruhig dazustehen. Das war sie, dieser Trampel einer Bäuerin mit ihrem Hut, der ganz krumm auf ihrem Kopf sass. Ich hatte ihren Namen und ihre Adresse sorgfältig in meiner schönsten Handschrift geschrieben, nicht ein- oder zweimal, sondern fünfmal. Fünf Kuverts, fünf Briefmarken. Ich hatte gehofft, als Mutter würde sie mich verstehen und Mitleid haben. Aber ich wurde ignoriert. Diese Monate des Wartens lösten die früheren Gefühle, nichts wert zu sein, wieder aus, und auch den alten Ärger.

Die Tochter, die mir einen hochmütigen Blick zuwarf, ertappte mich, dass ich ihre Mutter anstarrte, und ich konnte sehen, dass sie spürte, etwas stimmte nicht. Ja, ich hätte ihr sagen können, etwas sei ganz falsch, und ihre Mutter habe dabei eine Rolle gespielt.

Ich musste nachprüfen, ob ich die Stationsnummer richtig gehört hatte. Ich ging in den zweiten Stock hinauf, und dort sah ich die beiden im Korridor so nah beieinanderstehen, als würden sie versuchen, sich heimlich etwas zu übergeben, bevor sie sich verabschiedeten. Unsichtbare Geschenke zwischen Mutter und Tochter.

Man sieht vieles, wenn man in einem Spital arbeitet. Man sieht, wie die Gesunden es eilig haben, von den Kranken wegzugehen, wie tief sie die Luft draussen einatmen, sobald sie bei der offenen Tür sind, wie schlecht sie ihre Erleichterung verbergen können. Die junge Frau konnte sich nicht rasch genug verabschieden.

Ich hätte bis um sechs arbeiten sollen, aber ich bin ganz benommen in mein Zimmer zurückgekehrt. Muss so viel überlegen. Ich wickle mich in die Decke des Bettes ein und sitze seitwärts mit angezogenen Knien auf dem Fenstersims. Ich habe nicht viel vorzuweisen für die Jahre, die ich auf dieser Erde verbracht habe, keinen

Schmuck und keine Möbel, die mir gehören, nur einige Kleider und Fotos. Wenn es mir erlaubt wäre, etwas an die Wand zu hängen, hätte ich das Zimmer gemütlicher machen können. Mein Mantel hinten an der Tür ist das einzig Persönliche. Aber ich bin froh, dank Frau Vogelsang, die meine Zwangslage begreift und mir helfen will, einen sicheren Ort zu haben. Ich frage mich, ob auch sie den Namen und die Adresse erkannt hat, als sich Frau Sutter vorhin angemeldet hat. Sie ist es, die im September die Kontaktdaten für mich gefunden hat: Frau Verena Sutter, Obere Matte, Mendenswil.

Diese wenigen Wörter enthalten all meine Hoffnungen und lebenslange Verzweiflung.

***

Ich war sieben Jahre alt, als ich den Eltern weggenommen wurde. Ich bin dankbar, dass ich nicht jünger war, als ich andere Kinder traf, Jenische wie ich, die das jedoch von sich nicht wussten. Sie hatten keine Ahnung, was es hiess, wenn die Lehrer und andere Kinder Bemerkungen darüber machten, aber ich wusste es. Es bedeutete, dass es eine andere Art zu leben, zu sprechen und zu sein gab als die übliche, schweizerische.

Meine Familie war vor der Schule auf der Hut. Aber wenn man einmal in einer Gemeinde registriert war, konnte man schwer Nein sagen. Wir verbrachten die kalten Monate mehrere Jahre nacheinander im gleichen Dorf in der Nähe von Solothurn. Die anderen Kinder gingen allein nachhause, aber unsere Mütter warteten jeden Tag, wenn es läutete, vor der Schule auf uns. Sie trafen Vorsichtsmassnahmen. Am Tag, als die Leute mich holten, passierte dies jedoch während der Morgenpause, und niemand war da, um sich für mich zu wehren.

Damals lernte ich, dass es keine gute Idee ist, Behörden um Hilfe zu bitten. Du könntest zwar etwas Geld bekommen, aber dann beginnt das Herumspionieren, gefolgt von Ablehnung, und die Leute verhalten sich, als könnten sie dich nicht riechen.

In Erinnerung bleiben wird mir von meinen Eltern in diesem letzten Winter, wie meine Mutter abends jeweils das Bein meines Vaters verband. Er hatte sich Monate zuvor bei einem Einsatz als

Bauarbeiter an der Wade geschnitten, doch die Wunde hörte nicht auf zu nässen, so oft sie diese auch reinigen mochte. Er sass auf einem Bugholzstuhl beim Ofen und fluchte leise, während sie die Wunde pflegte. Die anderen neben mir schliefen, aber ich mochte es, für diese Szene wach zu bleiben, weil meine Mutter dabei so zärtlich zu ihm war. Ich wartete, bis sie fertig war und aufstand, um ihn auf die Stirn zu küssen. Er legte seine grosse Hand auf ihre Hüfte, und ich konnte sehen, wie ihr Lächeln sich in seinem widerspiegelte. Es gefiel mir, dass sie ihn offensichtlich auch liebte, auf die gleiche Art wie uns. Die übrige Zeit waren sie eher wie Arbeitskollegen, zu beschäftigt im Kampf gegen den Rest der Welt, um innezuhalten und sich anzuschauen.

Irgendwo bestimmte jemand, dass unser kleines Zuhause zu voll und zu frei sei. Sie nahmen drei von uns weg und liessen die Jüngeren zurück. Sie wollten anständige Kinder sehen, mit sauberen Kleidern und geflochtenem Haar. Sie wollten, dass wir demütig waren.

Ich musste das Heim jahrelang ertragen. Ich hatte meinen eigenen magischen Trick, mich nach Belieben in einen Baum zu verwandeln. Wenn es darum ging, Schläge zu ertragen, nahm ich sie mit meiner hölzernen Flanke entgegen. Wenn ich beschimpft wurde, drang das nicht durch die Maserung. Ich verbündete mich mit den starken und wilden Kindern, und ich stahl, was ich brauchte, wann immer sich eine Gelegenheit dazu bot. Trotzdem war ich keine typische Unruhestifterin. Ich gab mir Mühe mit den Hausaufgaben und erledigte meine Ämtli, ohne zweimal dazu aufgefordert zu werden. Ich glaube, sie wurden aus mir nicht klug.

Es war nicht die schlechteste Lehre fürs Leben. Ich lernte, ohne Liebe zu überleben, mich nützlich zu machen und Schwierigkeiten zu ertragen. Ich wusste, was Buben von Mädchen wollten, und realisierte schnell, dass Männer genau gleich waren. Ich konnte, falls nötig, Fusstritte geben und kratzen und beissen.

Fünfzehn geworden, war ich wirklich zu alt für das Heim, wurde aber als grosse Hilfe betrachtet, so dass es der Direktor nicht eilig hatte, für mich einen Platz zu finden. Der Krieg dauerte an, und die Leute waren müde von der ganzen Belastung. Sie waren etwas weniger besorgt als sonst, ein Mädchen von der Landstrasse unter ihrem Dach zu haben. Schliesslich kam ich bei einer Familie unter, die eine Gärtnerei und eine Baumschule betrieb. Sie lebten in einem grossen, alten Haus mit vielen Fenstern, schön wie eine Ansichtskarte.

Eigentlich hätte ich die jüngeren Kinder der Familie hüten sollen, aber viel lieber kümmerte ich mich um die Pflanzen, die draussen in Reihen wuchsen. Bei jeder Gelegenheit, die sich mir bot, ging ich ins Freie, goss die Tomatenpflänzchen, den jungen Spinat und Salat und all die Beerensträucher, damit sie so schön wie möglich aussahen, wenn Käufer kamen.

Da die privaten Gärten dazu dienten, Gemüse anzupflanzen, musste sich das Geschäft darauf konzentrieren, Nützliches wie Samen, Sämlinge und Setzlinge zu verkaufen, aber die Leute sehnten sich nach etwas Farbe. Für jene, die nach wie vor Wert auf ein schönes Zuhause legten, hatte das Geschäft einige Blumensorten für Fensterkistchen an Lager. Ich hatte noch nie so intensive Farben gesehen. Blumen in Rosa- und Rottönen waren meine liebsten.

Ich sah es als ein Glück an, war ich nicht auf einen Bauernhof oder zu einer alten Dame geschickt worden wie meine zwei engsten Freundinnen. Hier gingen verschiedenste Menschen aus und ein, und es gab interessante Dinge zu sehen. Die Arbeit war leicht, und die Kinder machten keine Probleme. Ich war es gewohnt, jüngere Kinder zu beaufsichtigen, und diese hier waren glücklicher und gesünder als jene im Heim, um die ich mich gekümmert hatte. Ich gratulierte mir selbst, auf der Butterseite gelandet zu sein.

Ich dachte öfters daran, meine Familie zu suchen, wusste aber nicht, wo ich anfangen sollte. Meine Angehörigen waren in alle Winde zerstreut, und es schien klug, an diesem Ort hier zu bleiben, zumindest so lange, bis der Krieg zu Ende war und wir wieder die Grenzen überqueren durften. Früher waren wir es gewohnt, Zeit in Frankreich zu verbringen, aber die Behörden waren mit Ausweispapieren derart streng geworden, dass mein Volk nun untertauchen musste.

Und dann tauchte Christoph auf, gerade aus dem Militärdienst entlassen. Er würde bald einundzwanzig sein, wie er jedem, der es hören wollte, stolz erklärte. Als sein Vater vor vier Jahren starb, war er unter Vormundschaft gestellt worden und konnte nicht frei entscheiden, wo er arbeiten und wohnen wollte. Seine Mutter hatte Probleme mit den Nerven und lebte nun bei einer Schwester von ihr, erfuhr ich später. Christoph erzählte nie etwas über sie. Der Vormund hatte für ihn bestimmt, eine Lehre als Gärtner zu machen, und schickte ihn zu uns, um hier das letzte Lehrjahr zu absolvieren, das durch zwei Jahre Militärdienst unterbrochen worden war.

Sobald er einundzwanzig würde, hatte Christoph vor, nach Zürich zu ziehen und in einem der besten Hotels Arbeit anzunehmen. Sein Vater hatte in einem bekannten Hotel am Brienzersee gearbeitet und Christophs Kopf mit Glanz und Glamour-Geschichten gefüllt. Ich nehme an, Christoph hoffte, er würde durch das Beobachten reicher Leute lernen, selbst auch reich zu werden. Es schien ein guter Plan zu sein, so gut wie irgendeiner.

Das Haus befand sich am Rand des Dorfes, umgeben von jungen Bäumen in Reihen wachsend, die auf einen Platz warteten. Einige reichten mir bis zu den Hüften, andere waren grösser als ich, bevor sie ausgegraben und verpflanzt wurden. Ich mochte es, in der Dämmerung dort hinauszugehen, wenn die Kinder beim Ins-Bett-Gehen ihre Umarmungen und Küsschen bekamen. Christoph hatte ein Zimmer in einem Restaurant gemietet und herausgefunden, wie er Schnaps stibietzen konnte. Ich war überrascht, als ich ihm das erste Mal mit auffallend glänzenden Augen im Halbdunkeln zwischen den Bäumen begegnete. Wir gingen schon ganz locker miteinander um, da wir uns bei der Arbeit oft über den Weg liefen.

Christoph interessierte sich nicht für mich, weshalb hätte er das tun sollen? Ich meine, er war gern mit mir zusammen, aber eher wie mit einem Haustier als einer Person. Er mochte es, Geschichten aus dem Militärdienst zu erzählen. Er hatte einige Unfälle beobachtet, all die verrückten Grabungen, die sie in den Bergen gemacht hatten, Sprengungen, um in unterirdischen Kasernen all die Männer samt Ausrüstung zu verstecken. Ich hörte eine Menge Einzelheiten über Knochenbrüche und Quetschverletzungen. Er erzählte auch von der Zeit, die er an der Grenze verbracht hatte und dort Flüchtlinge abweisen, Deserteure einsperren und nachts auf der Suche nach Schmugglern patrouillieren musste. Es klang aufregend. Er hatte Auto fahren gelernt, und das Erste, was er sich kaufen wollte, sobald er über sein eigenes Geld verfügen durfte, war ein Motorrad. Er war sehr sauer über den Vormund, der sich um seine Sachen kümmerte und ihm nur einen winzigen Freibetrag austeilte. Ich hatte meinen Vormund noch nie richtig getroffen, obwohl ich mich an seine Besuche im Heim erinnerte; ich wurde jeweils zum Putzen angehalten, damit man mich ihm als fleissig vorzeigen konnte. Wenn Christoph nicht mehr über sich erzählen mochte, kuschelten wir, und er sagte, ich sei das bestaussehendste Mädchen mit dem besten Körper, das zu berühren er je das Vergnügen gehabt habe. Ich lebte für diese Minuten. Aber ich war vorsichtig, keinen Alkohol zu trinken und mit ihm nicht zu weit zu gehen, weil ich nicht aus der Familie rausgeschmissen werden wollte.

Ich wurde zu einer Expertin, was Christophs Pläne und Meinungen betraf. Ich nehme an, es passte ihm, dass ich eine eher ruhige Person war, die ihre Gedanken und ihre Geschichte für sich behielt. Er sah mich wahrscheinlich als unbeschriebenes Blatt und neutral wie Erde, und er wollte mich mit seinen eigenen Farben füllen. Da ich mich an Aufmerksamkeit nicht gewohnt war, blühte ich auf im Licht, das er auf mich richtete.

Es zeigte sich, dass unsere Geburtstage nur eine Woche auseinander lagen. Ich würde, kurz bevor er volljährig wurde, sechzehn sein. Christoph legte diesem Zufall grosse Bedeutung bei und begann nach und nach, mich in seine Pläne einzuweihen. Er war bereit, weiterzuziehen, liess mich aber ungern zurück. Die Tatsache, dass er derart an mir hing, veränderte mein Leben. Ich war zum ersten Mal seit Jahren glücklich. Ich sang bei der Arbeit und machte mit, wenn die Kinder gutgelaunt spielten. Wir begannen, vor den anderen etwas offener zu sein, küssten uns bei der Begrüssung, versteckten unsere Zuneigung nicht mehr. Wenn dieser Sommer nur in einem Glas hätte aufbewahrt werden können wie die Früchte mit ihrer Süsse rund um uns herum.

Christoph zog nach abgeschlossener Lehre mit einem guten Empfehlungsschreiben nach Zürich. Er wollte mich nachkommen lassen, sobald er auf eigenen Füssen stehen würde. Wenn der einzige Weg für uns, zusammen sein zu dürfen, eine Heirat sei, dann sei er dazu bereit, meinte er. Die Gärtnersfrau hatte nichts gegen eine solche Heirat, sie hatte selbst jung geheiratet. Aber wir müssten einige juristische Hürden nehmen, erklärte sie.

Der Krieg zog sich in die Länge, und es stiegen kaum mehr reiche Leute in Christophs Hotel ab, jedenfalls nicht jene, die er sich vorgestellt hatte. Nur langweilige Geschäftsleute aus Deutschland und verschiedenen Gegenden der Schweiz, Leute, die nicht herreisten, um es sich gut gehen zu lassen. Er war weit entfernt von seinem Ziel, dem Kauf eines Motorrads. Ein Kollege riet ihm, nach Montreux zu gehen, wo allerlei Typen aus der High Society und wohlhabende Flüchtlinge bis zum Kriegsende ausharrten. Dort würde er Glücksspiele, Jazz und Champagner vorfinden, auch bessere Trinkgelder bekommen.

Deshalb zog er um, und bald kamen seine Briefe aus der anderen Richtung, und wir zählten die Tage, bis wir wieder beisammen sein würden. Mein Kopf war so beschäftigt mit Christoph, dass ich mich den Leuten, bei denen ich lebte, nicht anvertraute. Vielleicht wusste ich auch nicht, wie. Das bedaure ich heute, denn es waren gute Leute, die mir das Beste wünschten. Später, als ich Freunde brauchte und glaubte, ich hätte keine, hätten sie mir helfen können.

Vereinbarungen zwischen Christoph, meinem Vormund und meiner Gastfamilie wurden getroffen, damit wir kurz nach meinem siebzehnten Geburtstag heiraten konnten. Wir waren alle der Meinung, er sei zuverlässig. Zweifellos arbeitete er hart, und er wartete geduldig. Alle Anzeichen schienen positiv zu sein.

Christoph fühlte sich in Montreux einsam. Die Leute machten sich lustig über seinen Akzent, und er musste draussen arbeiten und Unterhaltsarbeiten erledigen, anstatt im Service eingesetzt zu werden. Unnötig zu erwähnen, dass keine einzige reiche Person auf ihn aufmerksam wurde. Zuerst war er glücklich, mich bei sich zu haben. Wir hatten das beide so lange geplant. Ich mochte die körperliche

Seite nicht so sehr wie er, aber ich war stolz, eine verheiratete Frau zu sein, und es wurde alles besser, als ich als Zimmermädchen anfing und wir unser Geld zusammentaten.

Rückblickend scheint es, als wären alle Voraussetzungen vorhanden gewesen, ein glückliches Paar zu werden. Wir feierten zusammen das Ende des Krieges, und man übertrug ihm mehr Verantwortung, er durfte nun Gäste vom Bahnhof abholen und so weiter. Christoph eröffnete ein Bankkonto, auf das wir unser Erspartes legten.

Ich bekam nie genug von der Aussicht auf den See, besonders an bewölkten und stürmischen Tagen, wenn sich das ganze Naturdrama vor dem Hintergrund der Alpen in Szene setzte. Ich muss einige Französischkenntnisse von meinen Reisen als Kind im Gedächtnis behalten haben, denn ich lernte das Basiswissen rasch, und meine Aussprache war viel besser als jene von Christoph. Das mochte er nicht besonders, deshalb versuchte ich, in seiner Anwesenheit möglichst kein Französisch zu sprechen.

Es gab einige Probleme zwischen uns, verursacht durch seine Launenhaftigkeit. Christoph wurde mehr und mehr unzufrieden mit seinem Los, und er beschwerte sich bei mir für alle möglichen Dinge – Geld war ein Lieblingsthema –, oder der Grund konnte sein, dass jemand etwas Unpassendes bei der Arbeit zu ihm gesagt hatte, oder etwas wurde von ihm verlangt, das er erniedrigend fand. Manchmal warf er mir auch vor, ich sei zu wenig aktiv im Bett. An Abenden, wenn er diese verbitterten Klagen anstimmte, versuchte ich Interesse zu zeigen und mit ihm einverstanden zu sein, aber das genügte ihm nicht. Er drehte mir das Wort im Mund herum oder fand, ich verhalte mich ihm gegenüber zu wenig verständnisvoll. Selbst wenn ich innehielt mit Kochen oder was auch immer ich gerade tat, reichte das nicht aus, ihn zu besänftigen, und an den schlimmsten Tagen war er nahe daran, mich zu schlagen. Er schlug stattdessen auf ein Möbelstück ein oder hämmerte an die Wand. Die unterdrückte Wut im Raum versetzte mich in Atemnot.

Es war nicht das erste Mal, dass ich die Schwächen von Männern erlebt hatte. Es schien der Lauf der Dinge, und ich versuchte, mich mit den guten Zeiten zu trösten und herauszufinden, wie ich seine Laune heben konnte. Viele Male gelang mir dies, und ich denke, ich hätte noch Jahre so weitermachen können, nicht aber er.

Christoph war auf eine besondere Art grausam, die ich unverzeihlich fand. Er wollte mir nicht helfen, meine Familie ausfindig zu machen. Er wollte aber auch nicht, dass ich selbst auf die Suche ging, und weigerte sich, mir praktische Hilfe zu geben. Er erklärte nie weshalb, aber ich vermute, er mochte den Gedanken nicht, mit Leuten in Verbindung zu stehen, die auf einer noch tieferen Gesellschaftsstufe standen als er. Er beklagte sich oft, kein Kapital zu haben, und ich konnte feststellen, dass er dachte, die Heirat mit mir sei für ihn, finanziell betrachtet, ein Fehler gewesen. Ich verlangte sehr wenig und versuchte, von meinem Verdienst so viel wie möglich zu unseren Ersparnissen beizutragen.

Wir waren drei Jahre zusammen, als Ruedi geboren wurde, zur Zeit der Kirschenblust. Eine Weile war Christoph stolz und zufrieden. Ruedis Taufe war vermutlich der schönste Tag, den wir je erlebten. Das Wetter war prächtig, alle Blumen am Ufer blühten wie ein schönes Bild vor dem glitzernden See. Christoph war stolz, weil sein älterer Bruder Alfred mit seiner Frau auf Besuch kam. Sie hatten keine Kinder, und ich konnte sehen, dass Christoph sich ausnahmsweise einmal als der Grössere fühlte. Sein Bruder war viel erfolgreicher als er, er führte eine Garage in Sitten. Dadurch dass er sie bat, Paten zu werden, hatte Christoph sie gezwungen zu kommen.

Auch ich war stolz, ich war immer so mager gewesen, doch nun hatte sich mein Körper nach der Schwangerschaft verändert, und das mochte ich sehr. Hier war ich, eine Mutter, ein schwereres und runderes Ich, am schönsten Ort des Landes lebend, mit einem gesunden Baby, das gerade das Lächeln entdeckt hatte.

Aber als der Reiz des Neuen vorbei war, zeigte sich, dass Christoph die Störung durch das Kleinkind im Haus und die Tatsache, dass ich nun kein Geld mehr verdiente, nicht mochte. Ich konnte mit seinen Launen nicht mehr so gut umgehen, da wir nun zu dritt waren. Ich war müde und hatte viel mehr zu tun. Es wurde alles noch schlimmer.

Eines Tages, als Ruedi fünf Monate alt war, wusch ich etwas im

Schüttstein. Der Kleine war in einem so herzigen Stadium. Ich machte ein kleines Nest für ihn im Laufgitter, und er unterhielt sich selbst mit Sachen und Sächelchen aus der Küche. Er war glücklich, solange er mich in der Nähe wusste. Ich sang ein altes Lied, eines aus den Überbleibseln von Liedern und Rhythmen aus meinen frühen Jahren, die mir seit Ruedis Geburt wieder in den Sinn gekommen waren.

Christoph kam herein und packte mich an den Hüften. Ich erstarrte, meine Hände im Wasser, fürchtete, eine falsche Bewegung zu machen. Aber er küsste mich nur und liess mich los.

«Was singst du da? Etwas Fremdes?»

«Ich weiss nicht, nur ein altes Kinderlied. Es ist nicht fremd, es ist …» Ich wollte nicht erwähnen, dass es ein Lied von meiner Familie war. Er mochte es nicht, an meine Herkunft erinnert zu werden. Aber ich brauchte mir keine Sorgen zu machen, Christoph hatte andere Dinge im Kopf.

Er setzte sich an den Tisch und begann einen Apfel zu essen. «Ich traf heute einen netten Kerl aus Sitten. Er kennt Alfred und ist gerade aus London zurückgekommen. Stell dir vor, London! Kannst du kurz aufhören, Esther? Ich rede.»

Ich spülte rasch und trocknete meine Hände ab und setzte mich zu ihm, um ihm meine ganze Aufmerksamkeit zu schenken.

«Weisst du, dass das teuerste Hotel in London von einem Walliser gegründet wurde? César Ritz kam aus Sitten oder ging dort zur Schule. Ja, genau. Schweizer haben einen guten Ruf in London. Nach dem Krieg gibt es dort einen grossen Aufschwung durch die Wiedereröffnung und Renovierung der Hotels. Die Kunden wollen die angenehmen Dinge des Lebens wieder geniessen.»

«Auf die Art, wie Leute es mögen, sich nach einer Beerdigung den Magen mit Essen und Trinken zu füllen.»

«Was? Du sagst komische Sachen. Wie auch immer, dieser Typ geht bald zurück. Er kam nur für einen kurzen Besuch in die Schweiz, weil seine Mutter krank ist.»

Ruedi war bis jetzt geduldig geblieben, obwohl Christoph ihn nicht gegrüsst hatte. Er hatte unser Gespräch mit einem Holzlöffel im Mund verfolgt, während er auf sein Baumwollhalstuch sabberte. Aber nun ergriff er einen Blechnapf und begann, heftig auf die Seite seines provisorischen Gefängnisses zu schlagen. Es war so süss. Er wollte mitmachen.

«Herrgott nochmal, mach, dass er diesen Lärm stoppt.»

In den nächsten zwei Wochen sprach er nur von London. Es war die gleiche Begeisterung, die ich an ihm bemerkt hatte, als wir uns zum ersten Mal trafen. Er hatte bei der Arbeit einen englischen Hotelführer ausgeliehen und studierte diesen, als wäre es ein Almanach für die Zukunft, was er in einem gewissen Sinn ja war.

Als Christoph uns schliesslich verliess, schlich er sich nicht weg. Er packte seine Reisetaschen in meiner Anwesenheit und küsste uns beide zum Abschied. Ich wollte nicht zu viele Fragen stellen, weil er gut gelaunt war. Vielleicht war es das, was er brauchte. Er würde uns nachkommen lassen, und in der Zwischenzeit ... Das war die Lücke, die in Christophs Plan fehlte. Er dachte nicht daran, was mit uns geschehen würde. Eine normale Ehefrau hätte irgendeine Garantie verlangt. Alles, was ich erhielt, war die Adresse einer Tante von ihm und das Versprechen, er werde schreiben. War er nicht immer ein fleissiger Briefeschreiber gewesen?

Normalerweise gab mir Christoph von Woche zu Woche Haushaltsgeld. An diesem Tag im Oktober verliess er mich mit einem zusätzlichen Betrag von hundert Franken und sagte, ich solle mich bei der Gouvernante melden, um meine Arbeitsstunden im Hotel zurückzubekommen. Ich wusste, dass mein Verdienst die Miete unserer Wohnung nicht decken würde, geschweige den auch noch die Kosten pro Tag für eine Tagesmutter für Ruedi, falls ich eine solche finden würde. Ich wusste, ich befand mich in grossen Schwierigkeiten, aber es war sinnlos, mit ihm darüber zu reden. Ich liess ihn gehen.

Von diesem Moment an folgte eine Belastung nach der anderen. Ich brauchte zwar Christophs Launen nicht mehr zu ertragen, aber ich wurde mit einer anderen Art Furcht konfrontiert. Wenn ich es allein mit Ruedi nicht schaffen konnte, würde ich ihn verlieren, so sicher wie das Amen in der Kirche.

Ich wollte als junge Frau mit schlechtem Französisch und einem

Säugling im Arm keine Aufmerksamkeit erregen. Deshalb musste ich mein Problem lösen, wenn Ruedi schlief, bevor mir das Geld ausging. Wenn er nach dem Stillen in meinen Armen einschlief, legte ich ihn sanft ins Laufgitter, wo er sicher wäre, falls er aufwachte. Dann rannte ich los, von einem Ende der Stadt zum anderen, und versuchte Lösungen zu finden.

Je nach Tageszeit setzte ich die wenigen Stunden ein, um an Türen zu läuten und mich nach einem billigeren Zimmer zu erkundigen. Spät nachts bettelte ich bei den Hinterausgängen von Restaurants um Essensreste. Ich erkundigte mich bei allen Frauen, die ich bei der Arbeit im Hotel kennengelernt hatte, nach einem Babysitter. Ich versuchte, meine alte Stelle zurückzubekommen und sagte der Chefin, ich werde das Baby zu meinen Eltern aufs Land schicken. Falls sie von Christoph gewusst hätte, hätte sie es nicht zugelassen.

Das war neu für mich. Ich war es nicht gewohnt, mit Leuten direkt zu verhandeln, über Geld zu sprechen, Vereinbarungen und Entscheidungen zu treffen. Aber meine Anstrengungen lohnten sich, und innert weniger Wochen hatte ich alle Teile des Puzzles beisammen: billige Miete, eine günstige Tagesmutter aus Italien, Bettina, die zu einem halben Dutzend Kindern der Hotelangestellten schaute, und genügend Arbeitsstunden als Putzfrau, um das Wichtigste zu bezahlen.

November kam und ging vorbei, Weihnachten und Neujahr standen vor der Tür, und alles war so knapp ausbalanciert, dass ich befürchtete, das kleinste Missgeschick könnte alles durcheinanderbringen. Diese Angst war leider berechtigt.

Es begann eines Morgens mit Ruedis Lustlosigkeit. Seine Augen glänzten, und er zeigte wenig Interesse an seinem Müesli. Er wollte nur wieder schlafen. Aber ich musste arbeiten gehen und packte ihn in seine Kleiderschichten und trug ihn zu Bettinas Wohnung hinüber wie immer. Als ich in ihre Strasse einbog, wechselte ich Ruedi von einer Hüfte zur andern und bemerkte, dass er sich nicht nur gegen meine Schulter gelehnt hatte, sondern bewusstlos war. Alle Farbe war aus seinem Gesicht gewichen, und seine Lippen waren blau. Ich dachte, mein Baby würde sterben.

Da blieb keine Zeit zu überlegen oder auch nur zu schreien, das Einzige, was ich tun konnte, war, zu Bettina zu laufen. Ich hämmerte an ihre Tür, und sie verstand eher aus meiner Panik als meiner diffusen Erklärung, dass es sich um einen Notfall handelte. Ich danke Gott jeden Tag, dass diese gute Frau wusste, was zu tun war. Sie zog uns in ihr Schlafzimmer hinein und legte Ruedi auf das Bett. Sofort zog sie ihn aus und bat mich, eine Schüssel beim Lavabo mit Wasser zu füllen.

Sie rief ihrem Mann, Essig zu bringen. Subito! schrie sie auf Italienisch. In einem Schockzustand verharrend, schaute ich zu, wie sie Essig auf Baumwollsocken goss und sie um Ruedis Füsse wickelte. Sie rieb mit einem nassen Lappen über seinen Körper und rollte ihn auf die Seite, um auch den Rücken abzureiben. Seine Gesichtsfarbe und sein Atem wurden nach und nach wieder normal, und er begann zu schreien.

Sie liess mich den ganzen Morgen in ihrem Schlafzimmer, damit ich über Ruedi wachen und ihn zum Trinken bringen konnte. Ich war aufgelöst. Die Tränen aus Schuld und Angst wollten nicht aufhören zu fliessen. Warum hatte ich heute Morgen nicht besser auf ihn aufgepasst? Wie hatte ich nur das Fieber übersehen und ihn in so viele Schichten einwickeln können?

Ich wollte nicht gehen. Ich hatte Angst, ihm wieder seine Winterkleider anzuziehen. Aber Bettina hatte ihren Teil getan und wollte keine weitere Verpflichtung übernehmen. Ich packte alles zusammen und eilte so schnell es ging in unser Zimmer zurück.

Mein Kind war mein Leben. Unser Heim war eine kleine Liebesfabrik. Ich hatte Angst, mit Ruedi wieder hinauszugehen. Zwei Tage und Nächte lang beobachtete ich ihn und tat mein Bestes, sein Fieber zu stillen, wenn es alle paar Stunden wieder stieg. Ich verliess das Haus ein einziges Mal, um zum Arzt zu eilen und ihn um einen Hausbesuch zu bitten. Er kam und beruhigte mich, es gebe keine Anzeichen einer ernsthaften Krankheit, ich solle weitermachen wie bisher. Als er bei der Tür stand, schaute er sich mitfühlend um und schüttelte den Kopf, aber er verliess uns trotzdem mit einem Geldbetrag, der mir eine Woche lang gereicht hätte.

Mehrere Tage vergingen, und ich vermisste meine Einsätze im Hotel. Die Stadt war mit Weihnachtslaternen und Girlanden geschmückt. Leute gingen in Gruppen herum auf dem Weg zu ihren Weihnachtsfeiern. Meine Stelle und Bettinas Hilfe hatte ich verloren. Ich musste wieder bei den Restaurants betteln gehen. Ein Restaurantmanager bat um einen Gegendienst, aber es kam nur zu einem Grabschen hinter der Eingangstür zwischen Kisten mit Früchten und Gemüse. Wir hatten an Weihnachten Fleisch in unserem Eintopf.

Mir gingen das Geld und die Ideen aus. Kein einziger Brief aus London war gekommen, nicht einmal ein Gruss an Weihnachten. Mein Bettelbrief an Christophs Bruder, Ruedis Pate, blieb ohne Antwort. Ruedi war sehr glücklich, mich den ganzen Tag für sich zu haben. Er bekam eine, zwei Erkältungen, aber nichts Ernsthaftes mehr. Er mochte seine Nahrung und wurde grösser. Eines Nachts ging ich verzweifelt hinunter in den Park am Seeufer und setzte mich in der Kälte auf eine Bank, bis ein Mann stehenblieb und mich ansprach.

«Warten Sie auf jemanden?», fragte er.

Ich schaute auf seine Schuhe, die im Licht der Strassenlampe leuchteten, auf die scharfen Bügelfalten in seiner Hose. Sein Mantel war dick und gab sicher warm.

«Vielleicht», sagte ich. Sein Gesicht unter dem Hut war im Schatten.

«Ich leiste Ihnen Gesellschaft.»

Ich wagte Blickkontakt zu ihm. Auf seinem Gesicht sah ich kein Anzeichen von Gefahr, nur Gier. Der Park war tagsüber schön. Wir spazierten in die dunkelste Ecke.

«Öffne deinen Mantel», befahl er. Ich hatte mir gesagt, ich würde es nur mit der Hand machen, aber die Logik holte mich ein, dass ich, je mehr ich nun tat, desto weniger häufig würde zurückgehen und es wiederholen müssen.

«Fünf für die Brüste, zehn für die Hände und zwanzig für den Mund», sagte ich.

«Sollen wir dreissig für alles sagen?»

Die ganze Zeit, während ich mit ihm zusammen war, konnte ich mein Zittern nicht kontrollieren. Aber ich hielt durch und ging heim mit genug Geld für eine Woche. Man gewöhnt sich an alles.

Das Einzige, was ich nicht tun konnte, war, auf die Ämter zu gehen. Ich hatte keine Adressänderung gemacht, und ich hatte keine Ahnung, ob sie wussten, dass Christoph Montreux verlassen hatte. Ich versuchte, wie ein Geist zu überleben. Viele hatten das vor mir getan.

Eines Tages kam Bettina bei mir vorbei. Ruedi ging sofort auf sie zu, was mich freute und mich gleichzeitig traurig machte. Er war offensichtlich glücklich bei ihr gewesen. Ich machte Tee, während sie zuschaute, wie er seine Krabbel- und Sitzversuche vorführte. Es kam mir vor, als würde er sich vor ihr produzieren, er schaute ständig zu ihr für ein Lob. Ich musste lächeln.

«Er macht seine Sache sehr gut, Esther. Ja, du bist ein kluger, starker Bub, ich sehe das!» Ruedi schenkte ihr ein freudestrahlendes Lächeln.

«Er schläft jetzt nachts durch. Und er liebt sein Essen. Er ist ein braver Bub.»

«Ja, und du bist eine gute Mutter. Bravo!»

Ich errötete vor Freude. Es war das erste Mal, dass jemand solche Worte zu mir sagte. Ich beschäftigte mich mit Milch und Zucker, aber als ich Bettina wieder anschaute, hatte ihr Ausdruck sich verändert. Zwar sah ich Sympathie auf ihrem Gesicht, aber auch ein Unbehagen. Ich fühlte einen kalten Luftzug im Zimmer und realisierte, dass dies kein normaler Besuch war.

«Ich muss dir etwas Schwieriges sagen.» Sie schaute rasch zu Ruedi, der mit seinen Spielklötzen beschäftigt war. Er sollte kein Wort mitbekommen. «Ich sage es dir geradeheraus.»

Ich stellte meine Tasse auf den Tisch ab und liess meine Hände in den Schoss fallen.

«Esther, es tut mir leid. Das, was mit Christoph, mit dem Fieber des Babys geschehen ist, ja alles.»

«Sag es einfach, bitte.» Meine Stimme klang fremd, matt und hoffnungslos.

«Man hat dich gesehen. Die Leute reden über dich. Sie sagen, du habest einen unmoralischen Lebenswandel, du würdest betteln und Männer im Park treffen. Sie sehen dich nie mit dem Baby. Wer kümmert sich um den Kleinen, sagen sie.»

Zuerst hielt ich den Atem an, dann brach es heraus in abgebrochenen, schmerzhaften Atemstössen. Es war eine Kraftanstrengung, nicht zu weinen. Bettina sagte noch mehr. Wie sehr sie es bereue, nicht früher vorbeigekommen zu sein, und sie verstehe, warum ich Ruedi nach seiner Krankheit nicht habe alleinlassen können.

«Du solltest weggehen, bald, bevor jemand einschreitet. Geh zu deinen Eltern oder zu Christophs Eltern. Nimm dir Zeit, dein Leben in Ordnung zu bringen. Sie können Christoph dazu zwingen, Geld zu schicken. Ich befürchte, Montreux ist nicht länger sicher für dich.»

Ich werde nie vergessen, in welchem Zustand von Übelkeit und Horror sie mich verliess. Als würden Kakerlaken über meine Haut kriechen. Ich hatte gedacht, ich sei unsichtbar, allein in meinem Elend, aber dies war eine kleine Stadt, und aller Augen waren ständig auf mich gerichtet gewesen. Die Leute wussten, dass ich in grossen Schwierigkeiten steckte, und sie beobachteten und überwachten mich. Wozu?

Ich nahm Bettinas Warnung ernst. Es war Zeit, weiterzugehen. Aber wohin? Es gab nur drei nützliche Adressen, die ich hatte, abgesehen von jener des Heims, die nicht in Frage kam: jene der Gärtnersfamilie, für die ich gearbeitet hatte, jene von Christophs Tante und jene des Ortes, wo meine Eltern gelebt hatten. Es gab wenig Hoffnung, dass sie immer noch dort waren, ich musste diese widerwillig streichen. Ich schämte mich zu sehr, die Gärtnersfamilie zu besuchen und verstand, dass sie keinen Grund haben würden, mich zu unterstützen. So blieb nur Christophs Tante, die zumindest eine Blutsverwandte von Ruedi war. Und sie hatte eine gestrickte Babymütze für die Taufe geschickt. Das bedeutete etwas, hoffte ich.

Ich wusste wenig über sie, aber sie hatte freundlicherweise ihre Schwester bei sich aufgenommen. Ich stellte sie mir als eine tüchtige Frau mit vielen Kindern und Enkelkindern vor, die einen grossen Bauernhof führte. Sie mochte Platz haben für einen kleinen Menschen, was mir Zeit gäbe, mich anderswo niederzulassen. Vielleicht würde ich diesmal Arbeit in einer Fabrik finden. Die Chance war klein, dass ich eine Existenz für uns beide aufbauen konnte. Die Wände des kleinen Zimmers schienen auf mich einzustürzen. Ich schaute lange in Ruedis schlafendes Gesicht, bis ich mich beruhigt hatte. Dann begann ich zu packen.

Ruedis Sachen nahmen fast den ganzen Platz im Rucksack ein. Für mich nahm ich nur die Kleider mit, die ich gerade trug, und etwas Unterwäsche. Christoph hatte unser Familienbüchlein zurückgelassen, das ich vorzeigen konnte, falls jemand meine Ausweise verlangte. Es war gut, dass er mich geheiratet hatte.

Ich wünschte mir, ich besässe einen Kinderwagen, um den Kleinen hineinzulegen und mehr Sachen mitzunehmen, doch ein solcher war Luxus, Christoph hatte beschlossen, wir bräuchten keinen. Ich packte etwas Brot und Käse und Apfelmus ein und Geld für die üblichen Fahrspesen und hoffte, es würde für das Zugbillett nach Freiburg reichen.

Ich hatte bis Februar durchgehalten. Etwas mehr als vier Monate, seit Christoph uns verlassen hatte, und jeder Tag war ein Kampf gewesen. Ich war wieder zu meinem dünnen Selbst zurück. Die stolze Frau mit Kurven, die vor einem Jahr in einem Sommerkleid an der Promenade flanierte, war verschwunden. Wie eine Kriminelle stahl ich mich im Morgengrauen aus unserer Wohnung. Ich ging sorgfältig über den eisigen Weg, vorne und hinten mit all dem belastet, was ich auf der Welt besass.

Christophs Tante lebte im deutschsprachigen Teil des Kantons Freiburg. Der Sechs-Uhr-Zug brachte uns erst einmal nach Lausanne. Dort gab es eine halbe Stunde Wartezeit, und ich musste ins Bahnhofbuffet, um nicht zu frieren. Wir passten überhaupt nicht zu den frühmorgendlichen Geschäftsreisenden und einer Gruppe Studenten in komischen Hüten, die aussahen, als seien sie die ganze Nacht auf den Beinen gewesen. Nirgends andere Kinder. Wer sonst würde ein Kind um diese Zeit im Winter herumschleppen? Sie lagen alle schön zugedeckt in ihren Bettchen, und ein feines Frühstück erwartete sie.

Das wenige Geld, das ich besass, reichte nicht für unnötige Ausgaben. Als der Kellner vorbeikam, tat ich, als könnte ich mich nicht entscheiden und bat ihn, später nochmals zu fragen. Das nächste Mal, als er auftauchte, sagte ich, ich möchte noch auf meine Freundin warten. Seine Augen wurden schmaler, aber er war nicht so gemein, mich rauszuwerfen, noch nicht. Ruedi war hellwach, und ich nahm ihn aus der Decke und gab ihm ein Stück Brot zu kauen. Einer der schläfrigen Studenten beobachtete uns. Ich schaute in die andere Richtung und zählte die Minuten auf der Wanduhr.

«Möchte Madame jetzt bestellen?»

Die Stimme des Kellners war voller Sarkasmus. Eine Erinnerung an meine Mutter überkam mich plötzlich, scharf wie ein Messer. Die Leute hatten genau so mit ihr gesprochen, während ich mich an ihren Rock klammerte. Genau dies war die Art Menschen, die es auf uns abgesehen hatten. Ich war von neuer Entschlossenheit erfüllt. Ich würde mich nicht wegschleichen. Soll er doch eine Mutter samt Baby vor aller Augen aus dem Café aufs eisige Perron rausschmeissen, dachte ich.

«Merci, Monsieur, ich warte.» Mein angespanntes Lächeln zwang ihn, sich zu entfernen.

Noch zwei Mal näherte er sich mir, und zwei Mal bot ich ihm die Stirn. Die vier Studenten starrten uns jetzt offen an und klatschten und sangen ein albernes Lied, als ich den Kellner ein letztes Mal abwies. Ich war mir bewusst, dass mich alle im Raum anstarrten und sich fragten, was da vor sich gehe. Das reichte. Ich zog uns beide so rasch ich konnte wieder warm an und ging zur nächsten Tür hinaus.

Die Kälte auf dem Perron drang durch alles hindurch, so dass ich zum Haupteingang hastete, wo wir zumindest etwas vom Wind geschützt waren. Als der Zug einfuhr, ging ich so weit wie möglich ans andere Ende des Perrons, weg von allen, die mich vielleicht im Bahnhofbuffet gesehen hatten.

Die nächste Stunde schenkte mir eine Atempause. Ich zeigte dem Kondukteur, als er vorbeikam, mein Billett, aber sonst belästigte mich niemand. Ich wünsche mir, die Reise würde ewig dauern, wir beide an der Wärme, in Sicherheit und Anonymität und noch nicht hungrig. Und, das Wichtigste: zusammen.

Ein Schimmer von Morgendämmerung brach herein, als wir uns

Freiburg näherten. Der Zug fuhr an einer Militärbaracke vorbei, und ich sah die Soldaten, die um diese Zeit schon auf dem Kasernenplatz exerzierten. Ich hatte keine Ahnung, wie weit der Bus uns zum Haus heranbringen würde, befürchtete jedoch, im Schnee würde ich zu Fuss nicht weit kommen.

An der Station zeigte ich dem Beamten am Billettschalter die Adresse von Christophs Tante. Er wechselte zur deutschschweizer Mundart, als er meinen Akzent hörte, und verkaufte mir ein Billett für den richtigen Bus, der erst um 10 Uhr fahren werde.

Meine Enttäuschung muss ersichtlich gewesen sein, denn sein Gesichtsausdruck wurde freundlicher, und er schaute mich aufmerksamer an als vorher.

«Jetzt werden Sie nicht einfach von der Busstation aus zu Fuss weitergehen, oder? Rufen Sie an und sorgen Sie dafür, dass jemand Sie am Bus abholt.»

Er war von meinem schwachen «Ja, danke» nicht überzeugt. Ruedi begann in meinen Armen zu zappeln. Er wollte hinunter, auf Entdeckung gehen.

«Ich meine es ernst. Wenn Sie Ihre Verwandten telefonisch nicht erreichen, bevor Sie hinausgehen, steigen Sie besser schon im Dorf aus und können es nochmals von der Post aus versuchen. Versprochen?»

Seine Freundlichkeit verunsicherte mich. Dieser Mann im Alter meines Vaters sorgte sich um mich und Ruedi. Wie musste es sein, wenn Leute sich auf diese Art um einen kümmerten? Wie ganz anders könnte das Leben sein.

«Wo ist die nächste Kirche?», gelang es mir zu fragen. Wenn er wüsste, dass ich ihm gerade beinahe meinen letzten Franken gegeben hatte, wäre er an meiner Bitte weniger interessiert gewesen. Die Leute sind eher bereit, jenen mit kleinen Problemen zu helfen.

Die Idee, der Familie zu telefonieren, war nicht schlecht. Ich fand eine Telefonkabine in der Nähe und setzte Ruedi kurz auf den Boden, während ich im Telefonbuch blätterte. Es war ein verwirrliches System mit einer für jedes Dorf verschiedenen alphabetischen Liste. Ruedi rutschte schnell auf dem Boden vorwärts, so dass ich ihm nachlaufen und ihn zurückholen musste. Es gelang mir, ihn zwischen meine Beine einzuklemmen, bis ich die Nummer gefunden und sie auswendig gelernt hatte. Aber ich war zu nervös, um anzurufen, und er war zu unruhig. Ich beschloss, zuerst in die Kirche zu gehen, den einzigen Ort, den ich mir denken konnte, wo es für ihn sicher sein würde, herumzukriechen.

Ich spazierte durch eine breite Strasse mit Cafés und Geschäften, in denen die Angestellten sich auf die Kunden bereitmachten. Als ich schon aufgeben wollte, tauchte auf einmal eine riesige Kirche mit grossen Säulen auf jeder Seite auf. Im Innern fand gerade kein Gottesdienst statt, nur wenige einsame Seelen knieten bei verschiedenen Statuen in den Seitenschiffen. Wenn ich gebetet hätte, dann darum, dass Ruedi sich ruhig verhalten möge.

Ich wählte eine Sitzbank etwas entfernt von den Kerzen und legte meine Tasche ab. Ruedi setzte sich kurz auf meinen Schoss, staunte über die seltsame Umgebung und die Farben, die durch die Glasfenster in die Dunkelheit eindrangen. Aber dieses stille Staunen dauerte nicht lange, und bald war er begierig, sich zu bewegen.

Für eine Weile liess ich ihn los, damit er einige Meter weit krabbeln konnte, bevor ich ihm nachging, ihn aufhob und ihn wieder an den Ausgangspunkt setzte. Als er davon genug hatte, liess ich ihn, während ich seine Hände hielt, zwischen meinen Beinen herumgehen. Ich weiss noch, dass er lange vor einer Statue der Heiligen Mutter mit Jesus in ihren Armen stillstand. Ich hielt Ruedi hoch und sah zu, wie er die Figuren anschaute und dann zu mir zurückblickte. Schliesslich deutete er auf die Statue und sagte «aha». Es war das erste Mal, dass er auf etwas zeigte, und ich wusste, was ihm durch den Kopf ging. Ja, erklärte ich ihm, genau wie du und ich.

Auf einem unserer Rundgänge durch die Kirche machte ich am Schwarzen Brett der Kirchgemeinde Halt. Die Zeiten der Messen für Sonntag waren dort angegeben, und ich hatte mein eigenes «Aha»-Erlebnis. Wenn morgen der fünfzehnte war, dann hatte ich heute Geburtstag. In der Kirche Christ-König in einer fremden Stadt wurde mir bewusst, dass ich einundzwanzig Jahre alt war.

Wie langsam die Zeit verging, während wir auf den Bus warteten. Ich war gezwungen, in ein Café neben der Kirche zu gehen, weil Ruedi gewickelt werden musste. Seine Windel war voll, und ich musste seinen Po im Waschbecken abspülen und ihm frische Unterwäsche anziehen. Aus Angst, dabei erwischt zu werden, beeilte ich mich, so gut es ging. Die Serviertochter rief mir etwas nach, als ich wegging, erbost, dass ich mich unter dem Vorwand, ich sei ein Gast, hineingeschlichen hatte. Sie würde noch mehr verärgert sein, wenn sie die entsorgte Windel und schmutzige Unterwäsche im Abfalleimer entdeckte.

Wir landeten am Bahnhof mit immer noch einer Stunde Wartezeit vor uns. Schliesslich schlief Ruedi in meinen Armen ein, und ich fand eine Sitzbank auf dem Perron. Ein Teil von mir wurde vom Kleinen auf dem Schoss warm gehalten, während die Kälte in den Rest meines Körpers eindrang. Ich ass etwas Käse und lechzte nach einem heissen Getränk.

Die Tatsache, dass ich jetzt einundzwanzig war, half mir, einen Plan aufzustellen. Bis jetzt war ich nicht sicher gewesen, wofür ich die Verwandten von Christoph bitten sollte. Jetzt war es offensichtlich. Ich hatte nicht mehr an meinen Vormund, Herrn Schneuwly, gedacht, den einzigen Menschen auf der Welt, der ein Stück weit für mich verantwortlich war. Sein Büro befand sich nicht weit weg, in Bern. Ich hätte schon vor Jahren dort vorbeigehen sollen. Er war die Person, die Informationen über mich besass. Er würde die Adresse meiner Familie haben. Vielleicht hatten sie versucht, mich zu kontaktieren. Wenn ich Ruedi ein, zwei Tage bei Christophs Verwandten lassen und mir Geld für die Reise leihen würde, konnte ich nach Bern fahren und dort alles herausfinden. Herr Schneuwly würde mir vielleicht sogar zu einer Stelle verhelfen. Er würde mich nicht mit leeren Händen wegschicken.

Meine Beine schmerzten vor Kälte, als ich den Bus mit dem schlafenden Baby bestieg, aber ich war nicht mehr länger das verlorene und verwirrte Mädchen, vor zwei Stunden in Freiburg angekommen. Ich war eine Erwachsene mit einer Familie irgendwo und einem neu entfachten Flämmchen Hoffnung im Herzen.

Das Läuten der Glocke der Kapelle im Frauenspital bringt mich jäh in die Gegenwart zurück. Ich habe fast eine Stunde auf dem Fenstersims sitzend vertan. Ich muss mit Fräulein Vogelsang sprechen, solange es noch nicht zu spät ist. Ich werfe die Decke weg, springe hinunter und schlüpfe wieder in meine Hausschuhe. Als ich die Treppen in den ersten Stock in ihr Büro hinuntereile, berühre ich kaum die Stufen. Ein Streifen Licht dringt unter ihrer Tür durch, und ich brauche eine Minute, um wieder zu Atem zu kommen.

«Herein», sagt sie geschäftsmässig. Natürlich hat sie mich erwartet.

«Guten Abend, ich bin froh, dass ich Sie noch erwischt habe.»

«Ach, wenn ich einmal an diesem Pult sitze, komme ich nicht so schnell wieder weg. Bitte setzen Sie sich. Wie geht es Ihnen?» Sie legt ihre Papiere beiseite und faltet die Hände, offiziell ganz Ohr.

Ich habe mich vor dem Pult einer berufstätigen Person immer unwohl gefühlt. Es mahnt mich an dunkle Tage. Trotz allem, was Fräulein Vogelsang für mich getan hat, bin ich mir der Kluft zwischen uns bewusst. Die Möglichkeit, dass sie über mich urteilen oder, schlimmer, mich bemitleiden könnte, macht mich nervös. Ebenso die Macht, die sie hat, mein Leben zu verbessern. Es ist eigenartig, von Angesicht zu Angesicht mit dieser Macht zu sein, ich habe das immer viel klarer gesehen als die Person, die sie ausübt. Sie tragen sie mit Leichtigkeit, weil sie deren Wirkung nie spüren.

Aber ich bin ihr nicht gleichgültig. Auf ihre eigene Art kümmert sie sich um mich. Ich gebe irgendeine sinnlose Antwort, ich sei verwirrt.

«Schade, dass Sie genau in diesem Moment dort waren. Ich habe realisiert, dass unser Aufnahmeprozedere zu öffentlich ist.»

Typisch für sie, dass sie alles für das Spital macht, denke ich zuerst. Ich muss mich jedoch daran mahnen, dass es sich um mein Drama und nicht ihres handelt.

«Warum waren Sie am Schalter und nicht Marie, ich meine Frau Zemp?»

«Sie ist heute krank, und niemand konnte sie so schnell ersetzen.

Egal, mir hat es nichts ausgemacht, das ganze Getue rund um die Abstimmung zu verpassen. Meine Gruppe ... Nun, macht nichts. Sie haben also nie eine Antwort auf Ihre Briefe an diese Frau aus Mendenswil erhalten?»

«Nein.»

«Ich glaube, man rät ihnen, keinen Kontakt zu den richtigen Eltern zu haben. Für das Wohl des Kindes.»

«Für das Wohl des Kindes. Ist es denn nicht gut für ein Kind, seine Mutter zu kennen?»

«Vielleicht. Aber Ihre Zusammenkunft mit Ihren Eltern war nicht erfolgreich?»

«Entschuldigen Sie, Fräulein Vogelsang, das ist etwas völlig anderes. Wir brauchen nicht nochmals über alles zu sprechen. Es ist ein legitimer Wunsch, meinen Sohn zu sehen, der mir ohne meine Einwilligung weggenommen wurde. Das sind Ihre eigenen Worte.»

«Ja, es tut mir leid, ich stimme Ihnen zu. Ich möchte Ihnen nur helfen, den Standpunkt der Pflegemutter zu sehen. Sie befolgt den üblichen Ratschlag. Auf jeden Fall können Sie sie nicht hier darauf ansprechen. Ich kann das nicht erlauben. Sie ist hier, um sich medizinisch behandeln zu lassen.»

«Aber, sicher ...? Zumindest kann ich versuchen, einen guten Eindruck zu machen.»

«Nein, Esther. Ich denke, Sie sollten jeglichen Kontakt zu ihr während ihres Aufenthalts hier vermeiden.»

«Ich habe gedacht, Sie seien auf meiner Seite.» Ein Abgrund in mir öffnet sich, und ich falle tiefer und tiefer. Ich halte mich an der Lehne des Stuhls, um mich zu stützen.

«Ich bin auf Ihrer Seite. Falls sie sich über Sie beschweren würde, wäre es für mich sehr schwierig, für Ihre Stelle und Ihr Zimmer einzustehen. Vergessen Sie nicht, dass Sie ein Spezialarrangement haben. Was ist mit dem Plan?»

«Der Plan ...» Ich verbiete mir zu sagen, zur Hölle mit dem Plan. Wenn ich hier genug Erfahrung habe, möchte Fräulein Vogelsang, dass ich mich für eine anspruchsvollere Stelle als Putzfrau an der Universität bewerbe, wo ein Cousin von ihr arbeitet. Sie meint, ich würde mir dann irgendwo eine eigene kleine, günstige Wohnung leisten und dann ein Gesuch um Rückgabe des Sorgerechts machen können. Dazu müssen sie Stabilität, ein Heim, ein Einkommen sehen. Sie will, dass ich geduldig bin. Sie realisiert nicht, was für eine Qual es jeden Tag ist, nicht zu wissen, wie es ihm geht oder ob jemand lieb zu ihm ist. Sie versteht nicht, wie gross meine Liebe für Ruedi ist und wie es sich anfühlt, ihm diese nicht geben zu dürfen. Ich weiss, dass er ein nach Liebe ausgehungertes Kind ist. Vor allem wollte ich nie, dass er diesen Schmerz erleiden muss.

«Sie sind einen langen Weg gegangen, seit wir uns erstmals trafen.»

Ich hasse es, wenn sie die Zeit damals erwähnt. Wenn jemand einen am Tiefpunkt sieht, kann man nie sicher sein, dass er das vergisst.

«Ich weiss nicht einmal, ob er sich an mich erinnert.» In meiner schlimmsten Vorstellung will er nichts mehr von mir wissen. Er schiebt mich weg.

Sie will etwas sagen, zögert und ändert ihre Meinung. Fräulein Vogelsang wäre glücklich, den ganzen Tag über Pläne und Massnahmen zu reden, aber sie hasst es, jede Art von Gefühl zu sehen. Ich reibe mir brüsk die Tränen von den Wangen weg.

«Sie wissen, was ich Ihnen sagen werde.»

«Seien sie geduldig.»

«Ja, machen Sie, was Sie machen müssen – die Arbeit, die Proben im Chor, Spaziergänge, die Lektüre der Bücher, die ich Ihnen gab. Es mag langweilig sein, aber es macht Sinn.» An meinen freien Tagen will sie, dass ich in der Bibliothek Namen von Pflanzen nachschaue oder spazieren gehe und sie sammle.

«Was ist mit Ihnen? Werden Sie mit ihr sprechen?»

Fräulein Vogelsang braucht lange, bis sie antwortet. Sie schaut auf eine Fotografie auf ihrem Pult, eines mit ihrem Bruder und ihr, als Kinder. Alles in diesem Raum hier ist so schön eingerichtet. Ich wünsche mir, in einem solchen Zimmer zu wohnen, mit Landschaftsbildern und einem Teppich mit komplizierten Mustern aus Persien oder einem ähnlichen Ort. Wunderschön gestaltet, wie du es dir niemals ausdenken könntest, selbst wenn du es hundert Jahre versuchen würdest. Ich gebe mir immer grosse Mühe, dieses Büro zu putzen.

«Ich werde Folgendes tun.» Sie nimmt einen tiefen Atemzug, faltet die Hände und legt ihr Kinn darauf. «Ich werde mich Frau Sutter nochmals vorstellen und einige Male bei ihr vorbeisehen, während sie hier ist. Am Ende ihres Aufenthalts, das heisst in etwa zwei Wochen, werde ich sie fragen, ob ich sie im Erholungsheim besuchen dürfe.»

Vor Aufregung wird mir ganz heiss. Ich balle die Hände im Schoss zusammen.

«Sie haben Recht. Jetzt, da sie Ihnen über den Weg gelaufen ist, macht es Sinn, über Ruedi zu reden. Ich will die Möglichkeit von Besuchen erwähnen und ein gutes Wort für Sie einlegen. Nur nicht auf Spitalboden.»

Ich fühle mich hilflos, beginne zu schluchzen und verberge das Gesicht mit den Händen. Nach einer Weile merke ich, dass Fräulein Vogelsang aufsteht und auf mich zukommt. Sie klopft mir auf die Schulter. Ihr zuliebe gebe ich mir Mühe, meine Gefühle in den Griff zu bekommen. Aber ich kann nicht sprechen. Ich stehe auf und nehme ihre Hände in meine. Wir schauen uns kurz in die Augen, und nicken beide. Ich gehe weg und lasse sie weiterarbeiten.

Von ihrem Büro gehe ich direkt in die Spitalkapelle und spreche ein Dankgebet. In der Ungestörtheit des dunklen Raumes lasse ich meine Tränen fliessen, und als sie aufhören, spüre ich die längst aufgegebene Hoffnung wieder in mir keimen.

**

Ich schaffte es an jenem Tag, auf den Bauernhof in Freiburg zu gelangen, der wie ein schlafender Riese in einem weiten, weissen Feld dalag. Nach dem ersten Schrecken bei der Ankunft war der Empfang doch irgendwie warm, aber an Bedingungen geknüpft. Die Tante gab mir eine Woche Zeit, meine Probleme zu lösen, und lieh mir das Geld für die Reise. Sie schrieb auch einen Brief an Christoph, leider reine Zeitverschwendung. Die Mutter, Ruedis Grossmutter, geriet in einen Zustand von Schockstarre. Sie reagierte nicht auf uns.

Es zerriss mir das Herz, mein Baby bei fremden Leuten zu lassen, aber ich musste diese Chance ergreifen, um für uns beide ein Leben aufzubauen. Schneuwly, mein Vormund, empfing mich ohne Voranmeldung in einem winzigen Büro oberhalb eines Schuhgeschäfts in Bern. Er sagte, er könne nicht viel für mich tun, bei dreihundert Schutzbefohlenen, die er betreuen müsse. Aber er tat sein Bestes. Er fand den Ort, wo meine Eltern wohnten, und verschaffte mir vorübergehend Unterhaltsgeld als verlassene Ehefrau.

Es hätte genug sein können, wenn alles gut gelaufen wäre, aber wann verläuft das Leben schon reibungslos? Wir hatten noch drei Jahre zusammen, bevor ich Ruedi ans System verlor. Meine Geschichte mit ihm ist noch nicht zu Ende. Es kann nicht sein. Bald wird das Warten vorbei sein. Bald.

Teil 4

Beatrice

Beatrice nahm vorsichtig ihre neue Brille ab und legte sie auf die Schreibunterlage. Sie rieb die schmerzhaften Einschnitte hinter den Ohren und zuckte zusammen. Die Brille war eine unüberlegte Anschaffung, sie hätte sich nicht vom gut aussehenden jungen Optiker dazu überreden lassen sollen.

Der einzige Anreiz, der sie heute dazu gebracht hatte, ins Büro zu gehen, war, dass die Arbeit sie vom Zittern um das Abstimmungsresultat ablenkte. Doch stattdessen machte sie sich nun erneut Sorgen um Esther.

Zufall ist etwas Eigenartiges. Wenn sie nicht für Marie Zemp eingesprungen wäre, hätte Beatrice niemals den Namen der Patientin bemerkt. Ohne deren Adresse hätte sie ohnehin die Verbindung zu Esther nicht gemacht. Gut, nun wusste sie es. Und Esther war ganz aufgewühlt. Unglücklicherweise hatte sie in der Nähe gestanden, als die Frau sich anmeldete.

Ja, das war etwas, was sie sofort ändern musste. Es war unnötig, dass eine Patientin ihre Adresse vor einer Menge Wartender laut angeben musste, wenn diese ohnehin im Brief stand, den sie eben abgegeben hatte. Beatrice würde den Leuten am Empfang beibringen, auf die Adresse zu zeigen und die Patientin zu fragen, ob diese richtig sei. Dieser Punkt stand schon auf der Pendenzenliste für Montag. Beatrice war eine grosse Anhängerin von Listen.

Hatte sie das Richtige zu Esther gesagt? Sie hatte ihr etwas Hoffnung machen müssen, um sie von weiteren drastischen Handlungen abzuhalten. Es war schwierig, mit Esther den richtigen Ton zu finden. Der soziale Graben zwischen ihnen war gross. Nun, dagegen konnte sie nichts tun.

Seit sie die junge, von ihrem Mann verlassene Frau bei ihrem Einsatz in der Gefangenenfürsorge Hindelbank zum ersten Mal getroffen hatte, hatte sie sich verpflichtet gefühlt, ihr zu helfen. Die junge Frau besass trotz den beschränkten Verhältnissen irgendwie etwas Würdevolles, dachte Beatrice. Sie war anders als ihre Mitinsassinnen mit ihren mürrischen, respektlosen Blicken.

Nach dem ersten Treffen hatte Beatrice Esthers Dossier näher angeschaut und zwischen den Zeilen gelesen, wie verzweifelt sie versucht hatte, in den Jahren als alleinstehende Mutter Haus und Herd zusammenzuhalten. Die Abwärtsspirale von Diebstahl und Prostitution war sehr schnell gewesen – und kurz. Der dafür bezahlte Preis jedoch sehr hoch.

Maman würde lachen, wenn sie sie sehen könnte. Und es würde, das wusste sie, ein grausames Lachen sein. Sie hatte nie Verständnis gehabt für Beatrices mitleidvolles Herz. Dieses Kind muss immer eine schmutzige kleine Kreatur retten, sagte sie zu Besuchern. Nur handelte es sich jetzt nicht mehr um einen dehydrierten Igel oder einen betäubten Vogel, sondern eine Frau, die noch viele Jahre vor sich hatte und ein besseres Leben verdiente.

Beatrice war sich nicht einmal sicher, ob Maman ihren Einsatz im Berner Frauenstimmrechtskomitee gutgeheissen hätte. Sie konnte sich sehr bissig über Schweizerinnen auslassen. In ihren Augen waren sie keine richtigen Frauen, nicht weiblich genug, zu wenig fordernd. In ihren fünfundvierzig Jahren in der Schweiz hatte sie nie eine richtige Schweizer Freundin gefunden. Konnte selbst den Klang von Berndeutsch nicht ertragen. Machte immer Kommentare über die Kleider und die Frisuren anderer Mütter, sobald sie ausser Hörweite waren, manchmal vorher. Kein Wunder, dass die Leute ihr aus dem Weg gingen.

Der einzige Grund, dass ich hier bin, pflegte sie zu sagen, ist wegen euch, während sie Beatrice und Gabriel missmutig anschaute. Man hätte dasselbe auf liebevolle Art sagen können. Nun, sie war nicht besser als andere bürgerliche Schweizerinnen, oder? Eine Arztfrau, besessen, einen perfekten Haushalt zu führen, die den Dienstmädchen, die sich oft ablösten, immer mehr schwere Aufgaben zuschob. Sie kleidete sich jedes Mal sorgfältig, wenn sie aus dem Haus ging, selbst wenn sie nur auf dem Markt einkaufte oder ein Buch in die Bibliothek zurückbrachte. Sie schaffte es zwar, ihre

Figur zu halten, aber sie vergeudete ihre Talente.

Beatrice warf einen Blick zum Fenster und sah ihr Spiegelbild. Schlechte Haltung, mein Gott, was tust du eigentlich? schimpfte sie. Eine einundsechzigjährige Frau an ihrem Arbeitsplatz an einem Sonntagabend, die Schlechtes über ihre tote Mutter denkt.

Die Wanduhr zeigte fast Viertel vor sieben, und Gabriel erwartete sie zur vollen Stunde! Sie hasste es, jemanden warten zu lassen, vor allem ihren eigenen Gast. Sie warf ihren Mantel über die Schultern und wechselte rasch in die Strassenschuhe. Würde ihr Bruder sein Versprechen einlösen, in ihrer kleinen Küche etwas Feines zu kochen? Beatrice hatte das Mittagessen übersprungen in Erwartung eines guten Nachtessens. Seinetwillen hoffte sie, dass er es nicht vergessen hatte.

Das Resultat müsste inzwischen vorliegen, realisierte Beatrice. Im Tram auf der Heimfahrt musterte sie die Gesichter der anderen Passagiere, zufälligerweise einiger Männer. Konnte sie darauf die Selbstzufriedenheit nach dem Sieg oder einen schwachen Schimmer von Scham erkennen? Eher war es Gleichgültigkeit.

Gabriel würde derjenige sein, der ihr die Nachrichten überbrachte. Immerhin würde er es einfühlsam tun. Beim Gedanken an Gabriel wurde das Hungergefühl starker. Sie setzte sich aufrechter und umklammerte ihre Handtasche fester.

Das Tram rumpelte und hielt, und sie schwang sich behende aus dem Sitz und stieg die Stufen hinunter. Sie mochte die Art nicht, wie sich ältere Frauen bewegten, entweder zögerlich oder schwerfällig, oder beides. Dazu gab es keinen Grund. Obwohl sie nun in ihrem siebten Jahrzehnt war – wie schockierend das tönte –, dachte sie nicht daran, das Verhalten einer alten Frau anzunehmen. Alles, was es brauchte, war ein wenig Disziplin, Morgenturnen, genügend zügige Spaziergänge. Sie hielt sich an ihr Versprechen, dreimal wöchentlich zu Fuss zur Arbeit zu gehen, falls es das Wetter erlaubte, mit den richtigen Schuhen war das kein Problem.

Wie sehr mochte sie ihre kleine Enklave von Stadthäusern aus der Jahrhundertwende in der Nähe des Breitenrains. Nahe von ihrem geliebten Botanischen Garten und der Aare, mit all den Geschäften, die sie brauchte, und einem ruhigen Ort ohne zu viele Kinder. Sie schaffte es von der Tramhaltestelle bis zum Schützenweg, ohne einem bekannten Gesicht über den Weg zu laufen. Das Licht brannte in jeder Wohnung. Ein angenehmes Gefühl, willkommen zu sein erfüllte Beatrice im Wissen, dass sie sich ihrem eigenen gemütlichen Heim näherte.

Sie liess sich selbst rein und stieg die Treppen hoch in den zweiten Stock. Es war immer noch ein komischer Anblick, ein Paar Männerschuhe auf der Matte vor der Tür zu sehen. Marc hatte sie in Bern in all den Jahren zusammen nie besucht. Wenn zusammen das richtige Wort war. Meine Güte, Gabriel spielte seinen Jazz sehr laut ab.

Beatrice geriet in einen Qualm aus Licht, Musik, Zigarettenrauch und anderen, appetitanregenderen Gerüchen. Sämtliche Türen im engen Gang standen offen: Küche, Bad, Wohnzimmer, Schlafzimmer, sogar jene der Toilette – und alle Lichter waren an.

Musik, die gerade einen frenetischen Höhepunkt ansteuerte, klang aus dem Plattenspieler im Wohnzimmer. Gabriel hielt sich in der Küche auf. Sie rief ihm einen Gruss zu und ging sich umziehen; unterwegs schloss sie Türen, schaltete Lampen aus und drehte die Musik leiser.

Wenige Minuten später stand sie im Türrahmen der Küche, in einem Pullover und dazu passender Hose. Gabriel summte etwas, ein Glas Wein in der Hand und eine Zigarette zwischen den Lippen, und rührte in einem Kochtopf. Es tat gut, ihn mit sich in Einklang zu sehen. Sie lächelte, und er schaute auf und versuchte, optimistisch zu wirken. Sie wusste, wenn er nur dergleichen tat.

«Ah, hier ist sie endlich, die hart Arbeitende! Komm herein. Schenk dir ein Glas deines besten Weines ein. Komm, Trix.»

Er liess sie am Küchentisch mit einem Glas und einer angezündeten Zigarette Platz nehmen und stellte das Gas unter der Kochstelle und im Ofen ab.

«Nun?» Sein Gesicht war besorgt.

«Nun?», gab sie zurück.

«Scheisskerle. Was soll ich sonst sagen?»

Sie dachte, sie hätte sich darauf eingestellt, aber ein wenig Hoffnung, diese trügerische Verbündete, wird sich immer einstellen. Die Enttäuschung schlug sich sofort beklemmend auf ihre Brust. «Aha, also ist es ein Nein. Natürlich habe ich das erwartet. Wie viele Prozent?»

«Du hast es noch nicht gehört?» Er blähte die Wangen auf, rollte die Augen und gab ein halbherziges Prusten von sich. «Siebenundsechzig Prozent.»

Beatrice nahm einen tiefen Zug. Der Rauch der Zigarette verstärkte den Druck auf der Brust. «Verdammt.»

«Aber wir lassen uns das Essen nicht verderben.» Seine Stimme klang bittend.

«Unser Essen nicht, aber andere Dinge.»

«Bitte nicht, Trix, keine Tränen. Lass es nicht an dich herakommen!»

«Ich weine nicht. Es ist der Rauch.»

Beatrice mochte es nicht, zu dramatisieren, aber es fühlte sich an wie ein Todesfall. In ihrem Abstimmungskomitee waren sie hektisch herumgelaufen wie Ärzte, die versuchten, einen Patienten zu retten, hatten Flugblätter verteilt, Briefe verfasst und verschickt, die besten Frauen im Land aufgerüttelt, sich den Kopf zerbrochen für Ideen. Aber der Patient hatte keine Chance gehabt. Es war alles umsonst gewesen.

Gabriel schaute sich aufgeregt in der Küche um, als ob es etwas im Schüttstein oder auf den Tablaren oder im Abfalleimer gäbe, das sie retten könnte. Er nahm Anteil, das gestand sie ihm zu. Er war vielleicht der Einzige.

Wie jemand, der eben eine wichtige Entdeckung gemacht hat, hielt er einen Finger hoch, und sein Gesicht hellte sich auf. «Du brauchst frische Luft.» Er sprang auf, öffnete das Fenster, steckte seinen Kopf hinaus und schrie in den Hof: «Merci pour rien, bande de cons!» Keine Antwort von den Bewohnern Berns, die sich in ihre gemütlichen Wohnungen verkrochen hatten.

Die Küche war so klein, dass Beatrice ihn am Zipfel des Pullovers hereinziehen konnte, ohne aufzustehen. «Mein Gott, hör auf, du

Idiot. Stör die Wilden nicht.» Das war der alte Ausdruck ihrer Mutter für die Einheimischen, es zauberte ein halbes Lächeln auf ihre Lippen. Gabriel zog seinen Kragen und den Pullover gerade in einer Pantomime, als wäre er beleidigt. Ihr Lächeln verstärkte sich.

«Es war der falsche Ansatz, siehst du.» Er nahm seinen Platz ihr gegenüber wieder ein. «Das nächste Mal frag nicht, nimm einfach. Du sagst ihnen, sie hätten ihre Chance 600 Jahre lang gehabt, jetzt würdet ihr, die Frauen, für die nächsten 600 am Ball sein.»

Aber Beatrice konnte nicht länger lächeln. «Nächstes Mal, welches nächste Mal? Ich denke, ich muss akzeptieren, dass ich nie abstimmen kann. Das ist das Land, in dem wir leben. Ich habe es satt, darüber zu reden, habe all die Sitzungen mit den blöden Argumenten im Kreis herum satt. Den abstimmenden Männern ist es egal, was wir tun oder sagen, was es für sie bedeuten würde, den Frauen das Stimmrecht zu geben.»

«Was würde es bedeuten?»

«Es würde bedeuten, dass sie nicht länger etwas Besseres sind als wir, und mit dieser Vorstellung können sie nicht leben.»

«Auf die Schweizerinnen!» Gabriel hob sein Glas. «Mögen sie ihren Tag haben. Und ihr Nachtessen. Bleib, wo du bist.»

Beatrice gab ihren Widerstand auf und nahm einen grossen Schluck Wein. Sie ergab sich ihrer Müdigkeit und spürte einen seltenen Anflug von Faulheit, als Gabriel den Tisch deckte und Gerichte aus dem Ofen nahm. Trotz allem war es angenehm, bedient zu werden.

Er schöpfte zuerst ihr und dann sich eine etwas grössere Portion. Sie sagten gleichzeitig «bon appétit» und begannen zu essen. Das Essen war einfach, aber perfekt. Eglifilets, in Olivenöl gebraten, mit Zitronenschnitzen, dazu Kartoffelgratin und grüne Bohnen. Und er hatte sogar eine Sauce Hollandaise gemacht.

«Es ist köstlich, danke. Alles perfekt zubereitet.» Er klopfte sich selbst auf die Schulter, und sie fragte: «Also, siebenundsechzig Prozent. Gibt es Kantone, die Ja gestimmt haben?»

«Zumindest Genf und die Waadt. Möglicherweise noch ein anderer welscher Kanton, aber keiner in der Deutschschweiz. Ich habe leider das Radio etwas zu rasch abgestellt.»

«Sie sollen sich schämen.»

«Was soll ich sagen? Es ist beschissen. Alle, die ich kenne, sagten, sie würden Ja stimmen.»

«Nicht gerade der repräsentativste Haufen.»

Er dachte kurz über ihre Bemerkung nach und reagierte nicht darauf. «Weisst du, Trix, du hast, solange ich mich erinnern kann, dieses Feuer in dir gehabt für die Sache des Frauenstimmrechts. Erinnerst du dich, was der Funke war?»

Eine gute Frage, eine, über die sie selbst nie nachgedacht hatte. Sie schaute innerlich zurück, während er ihre Gläser nachfüllte. In der oberen Wohnung begannen die Nachbarn mit dem Abwasch.

«Ich bin mir nicht ganz sicher, aber es muss schon früh gewesen sein. Ich erinnere mich, dass ich meine Fühler schon ausgestreckt hatte, als ich mich mit dem Fresko im Ständeratssaal des Bundeshauses befasste. Weisst du, welches ich meine?»

«Das von Albert Welti, ja natürlich. Alles in sanften Ocker- und Blautönen mit roten Akzenten.» Er bewegte seine Gabel in der Luft wie zum Malen.

«Ja. Wir machten darüber im letzten Schuljahr ein Projekt.» Sie rieb über die Tischplatte und stellte sich das Bild im Folianten vor, den sie über Nacht hatte nachhause nehmen dürfen.

«Und?»

«Wie du weisst, besteht das Fresko aus fünf Tafeln, die eine Versammlung im Freien darstellen.»

«Die Landsgemeinde. Ich kenne es. Mit den Alpen im Hintergrund.»

«Wir Schüler mussten darüber einen Aufsatz schreiben und ein Detail aus dem Riesengemälde auswählen und kopieren. Ich zeichnete drei Knaben, die sich raufen. Viel zu schwierig, es wurde ein Pfusch.»

«Kunst war nie deine Stärke. Noch etwas Gratin?» Sie liess ihn noch mehr Essen auf ihren Teller schöpfen.

«Ich erinnere mich sehr gut daran, und natürlich habe ich seither das Original gesehen. Welti malte eine Schar Männer, die zusammenstanden, um die Traktanden zu besprechen und abzustimmen. Die älteren waren die wichtigsten, Geistliche und vielleicht Richter, erhöht sitzend. Die anderen, mindestens hundert Männer, stehen herum in ihren Wämsern und Dreispitz-Hüten, und man sieht, wie sie debattieren.»

«Beatrice, ich kenne das Gemälde.»

«Alles klar. Ich komme zum Punkt. In diesem ganzen Gemälde kommt nur eine Handvoll Frauen vor. Sie sitzen auf dem Boden, tragen Trachten, Kinder hängen an ihren Schürzen. Sie tun nichts als warten. Ich erinnere mich genau, wie die Botschaft dieses Bildes mich befremdete, umso mehr als niemand sonst, auch der Lehrer nicht, es erwähnte. Die Frauen waren ausserhalb, schauten nicht zum Geschehen hin. Sie interessierten sich ebenso wenig wie die Kinder für die Traktanden.»

«Ich kann mir vorstellen, dass dies auf dich Eindruck gemacht hat. Immer sorgst du dich um Gerechtigkeit und Fairness.»

«Ja, und sobald ich diese fundamentale Ungerechtigkeit in meinem Leben erkannt hatte, zeigte sie sich jeden Tag aufs Neue. Als ob ich unter einem Bann stünde. Ich konnte es nicht mehr übersehen, selbst wenn ich gewollt hätte. Sogar daheim, ich meine, ich erinnere mich, wie Papi zu Mami zu sprechen pflegte, als wären ihre alltäglichen Pflichten und Anforderungen trivial und langweilig. Er wertete sie ab.»

«Ich sehe es nicht wie du.»

«Oh, und die Art und Weise, wie sich alle an unseren Vogelsang-Familienzusammenkünften verhielten! Wann wagten es unsere Tanten je, ihre Meinung zu äussern? Ich hasste es, wie die Männer die ganze Zeit dasassen und den Raum mit ihren Stimmen füllten, nie etwas holten oder servierten und keinen Wank taten, um sich mit störenden Kindern abzugeben.»

«Darf ich deinen Teller abservieren?»

«Danke. Du warst nie wie sie.»

«Das Schicksal hatte etwas anderes mit mir vor.» Er legte ein Schneidebrett und zwei grosse Äpfel auf den Tisch. «Da, schäle sie bitte, und ich mache Scheiben.»

Beatrice nahm ein Messer und begann einen Apfel zu schälen. «Es war überall so in meiner Jugend – und seitdem immer: die Hauptrolle gegen die Nebenrolle. Kein Wunder, dass ich nie geheiratet habe. Schweizer Männer sind unterentwickelt.»

«Der Anwesende ausgenommen.»

«Lieber Gäbu, du bist viel zu sehr ein Schatz dafür.» Sie gab ihm den ersten geschälten Apfel.

«Sag das der lokalen Polizei.»

«Du bist nicht etwa wieder in Schwierigkeiten?»

«Nein. Mach weiter mit deiner Rede. Sie ist gut.»

«Nun, ich bin keine Iris von Roten, aber ich habe meine eigenen Ideen. Da gibt es den ganzen Hauskram, die Art, wie Frauen dazu erzogen wurden, praktisch ein Hotel für ihre Männer zu führen und dies auch noch als Gipfel der Erfüllung zu betrachten. Aber es ist die Unsichtbarkeit von Frauen, die mich am meisten stört. Um Himmels Willen, lies Zeitungen, hör Radio, schau dir Museen, Galerien, Aushängeschilder, das Bundeshaus an. Ich würde beinahe vorziehen, ich hätte es nie gemerkt und mich nie darum gekümmert, weil meine Empörung nichts nützt. Ich hätte mir eine Menge Bitterkeit erspart.» Sie hielt eine einzige lange Spirale Apfelschale hoch.

«Aber wir haben 1959, verdammt nochmal! Schämen sie sich nicht?» Er schlug mit der Faust auf den Tisch, dass das Salzfass emporsprang.

«Weshalb sollte 1959 anders sein als all die anderen Jahre? Die ganze Kampagne ist ein Reinfall gewesen. Habe ich dir schon für das Kochen gedankt? Merci, lieber Bruder.»

«Gerne geschehen, liebe Schwoscht.» Er stand auf und begann etwas in ihrem Küchenschrank zu suchen.

«Ich rede zu viel.»

«Nein, nein.»

«Ich habe dich seit Donnerstag kaum gesehen. Du musst letzte Nacht nach Mitternacht heimgekommen sein.»

«Hast du Gewürznelken?» Sie stand auf und holte einige. Er gab sie mit einem Löffel braunem Zucker und einem Stück Butter in die Pfanne mit den Äpfeln.

«Ich bin es nicht gewohnt, abends so viel zu essen.»

«Oder zu trinken.» Er füllte ihr Glas erneut nach. «Wir müssen unseren Trost irgendwo herholen, oder?»

«Ich freue mich immer über deine Besuche, Gäbu. Ich bin froh, dass es hier an den Hausauktionen immer reiche Funde zu machen gibt.»

«Wir sollten beide froh sein, dass die alten Berner Geschlechter die Tendenz haben, auszusterben.»

«Wie auch eine Tendenz, eine Menge Kostbarkeiten zu sammeln.» Sie war stolz darauf, dass Gabriel ein gutes Auge für Bilder und Kunsttischlerei hatte. Ihre Wohnung war mit schönen Stücken ausgestattet, die er für sie aufgetrieben hatte. «Also ist alles organisiert? Erzähl mir von gestern.»

«Geschäft und Vergnügen in einem, wie immer. Den ganzen Tag an der Antiquitätenmesse kaufen und verkaufen. Ich brachte die meisten Objekte ab, die ich mitgebracht hatte, und ich ergatterte ein sehr schönes Schreibpult, München um 1820. Du würdest es lieben, aber ich habe einen speziellen Kunden dafür im Auge. Der Lastwagen ist vollgepackt mit neuem Vorrat und bereit für die Fahrt morgen.» Er stand auf, um die Äpfel umzurühren.

«Und dann, nach einem frühen Abendessen mit den Zbinden Brüdern, traf ich den Rest der alten Gang, und wir landeten im Jazzkeller in der Matte. Man kann immer noch eine gute Zeit in Bern verbringen, wenn man die richtigen Orte kennt.»

«Der einzige Ort, wo ich abends hingehe, sind die Komiteesitzungen und ab und zu ein Konzert.»

«Es muss doch einen Club geben, in den du eintreten könntest.»

«Ich habe meine Wandergruppe. Wir warten auf die ersten Zeichen von Frühling.»

«Wie war es bei der Arbeit?»

«Es lief gut. Ein ständiger Fluss von Aufnahmen ab zwei Uhr. Es geht wie am Schnürchen.» Sie lehnte sich vor und nahm ihm die Zigarette aus den Fingern.

«Das bezweifle ich nicht, mit dir als Verantwortliche.»

«Nun, es ist nicht kompliziert. Aber es war gut, wieder einmal an der Front zu sein, wenn auch nur für einen halben Tag. Es tut gut daran erinnert zu werden, dass jede Patientin ein Gesicht, ihre eigenen Lebensumstände und Ängste hat. Ich konnte heute tatsächlich Angst bei einigen erkennen. Je nach der Behandlung, ich meine, alle Operationen sind unangenehm, aber etliche sehr ernst. Und ich habe diesen Aspekt beinahe vergessen. Der Mensch steht im Zentrum von allem.» Sie reichte ihm seine Zigarette zurück.

«Rauch sie zu Ende. – Aus dir wäre eine sehr gute Ärztin geworden.»

«Schau besser zu deinen Äpfeln.»

«Beatrice.»

«Gibt es einen besseren Geruch auf der Welt?»

«Ich meine es ernst. Du hättest studieren sollen.»

«Oh, bitte nicht dieses Thema. Du hast den Platz an der Universität angenommen. Du wolltest es auch.»

«Nein, Papi wollte es für mich, und ich fügte mich, aber ich war absolut ungeeignet für Medizin. Ich hätte es zugeben sollen. Vielleicht hätte er dann dir eine Chance gegeben.»

«Nein, Gäbu. Ich habe so wenig an mich geglaubt in jenem Alter. Auch ich hätte es vermasselt. Das liegt nun viel zu lange zurück, um sich damit zu befassen. Wir haben uns wacker geschlagen.»

Es war richtig. Ein Spital zu verwalten passte gut zu ihr. Sie hatte diese Position fünfundzwanzig Jahre lang aufgebaut und nach und nach Verantwortungen von den verschiedenen Abteilungsleitern übernommen, die zu beschäftigt waren, sich darum zu kümmern. Sie war stolz darauf, dass alles bestens funktionierte. Alle Ärzte, die Direktion, die Angestellten respektierten sie. Ihr Salär war grosszügig für eine Frau. Mit diesem Einkommen und ihrem Anteil am Erbe konnte sie es ruhig nehmen und war sichergestellt.

Und Gabriel? Er legte gerade die Dessertteller und Löffel aus. Er hatte immer noch etwas Bubenhaftes, oder dachte sie das nur, weil er ihr kleiner Bruder war? Seine Figur war gleich geblieben, sie schienen beide kein mittleres Alter zu kennen, diese Eigenart hatten sie von ihrer Mutter geerbt. Er trug das Haar oben etwas länger, leicht gekraust, ein wenig wie dieser irische Schriftsteller in Paris, wie hiess der bloss? Das Braun dominierte immer noch über das Grau, anders als ihr Haar, das vor vierzig in Grau übergegangen war, was ihr endlose Unannehmlichkeiten mit dem Haarefärben bereitete. Sie vermutete, die Leute stuften ihn als Künstler ein, was für einen Mann in seinem Beruf perfekt war. Er schaute zu ihr und grinste. Aha, das war das Geheimnis seines jugendlichen Charmes! Im Alter von achtundfünfzig nahm Gabriel, Kind eines neuen Jahrhunderts, das Leben immer noch leicht.

«Gut gemacht? Vielleicht nicht im Bereich Liebe.»

«Was ist das?»

«Du hast gesagt, wir hätten es gut gemacht. Aber schau dich und Marc an und dann mich und meine Situation. Nicht wirklich romantische Träume, die wahr geworden sind.»

«Ich glaube, du hast zu viel von diesem Wein gehabt, Gäbu. Zuerst sprichst du über das Studium, das du vor über dreissig Jahren aufgegeben hast, und jetzt erwähnst du Liebe. Oder willst du mich ablenken?»

«Nein, ich habe bloss kürzlich viel über diese Jahre nachgedacht.»

«Deine Zwanziger?»

«Ja, es sind entscheidende Jahre. Ich meine, du legst die Spur deines Lebens fest, und dann bleibst du eine lange Zeit dort stecken. Es ist so leicht, es falsch zu machen. Oder so schwierig, es gut zu machen. Ich sah das damals nicht klar genug.»

«Du probiertest deinen fairen Anteil der Dinge aus.

«Das Innere einer psychiatrischen Klinik inbegriffen.»

«Das war nur eine kurze Zeit. Du warst eine Weile verloren. Nichts, um sich zu schämen.»

«Ich schäme mich nicht.»

«Also gut.»

Es gab ein peinliches Schweigen, währenddem das rhythmische Schreien eines neugeborenen Babys aus der Wohnung zwei Stockwerke tiefer zu vernehmen war. Wohin würde dieses Gespräch führen? Wer unterstützte wen? Er schien verunsichert. Sie mochte es nicht, ihn so zu sehen. Düsteren Gedanken nachzuhängen war ihr Bereich.

Gabriel stellte das Gas unter der Pfanne mit den Äpfeln ab und schöpfte zwei Portionen. «Crème fraîche?»

«Es ist perfekt so.»

Sie assen schweigend. Der erste Schlag des Abstimmungsresultats war überstanden, aber die Beule der Enttäuschung würde lange brauchen, um zu heilen. Beatrice war froh, dass sie ihre Telefonnummer dem Komitee nie gegeben und ausschliesslich auf schriftlichen Kontakt bestanden hatte. Zweifellos würde es bei ihren Waffenschwestern heute Abend nur so hageln von Anrufen und Protesten. Das war nicht ihr Stil. Sie würde sich später ihre Gedanken notieren, noch eine Sitzung besuchen, um die Post-mortem-Analyse zu erfahren, aber nachher würde es zu schmerzhaft sein, weiterzumachen. Platz frei für die junge Generation, ihren Teil beizutragen.

Gabriel brachte die zwei Dessertteller hinüber in den Schüttstein und versuchte, sie auf einem Sieb zu balancieren.

«Geh doch hinüber ins Wohnzimmer und entspann dich. Ich komme dann nach, sobald ich aufgeräumt habe», entliess sie ihn.

Er machte sich mit einem schuldbewussten Gesicht aus dem Staub. Als Beatrice die Unordnung in der Küche sah, hätte sie ihn beinahe zurückgerufen. Jeder Topf und jede Schüssel schienen für diese Mahlzeit im Einsatz gewesen zu sein. Sie rollte die Ärmel ihres Pullovers hoch und begann zu arbeiten.

Es wurde gut halb neun, bis die Küche wieder blitzblank war. Sie stellte den Wasserkessel aufs Gas und ging zu Gabriel. Er hatte sich auf dem Rand des Sofas niedergelassen und hielt eine Porzellanfigur in den Händen. Leichte Klaviermusik drang vom Plattenspieler ins Zimmer, zum Glück nicht zu laut. Sein Bettzeug war aufgerollt und zwischen Sofa und Armsessel geschoben. Das Regal war bedeckt mit Papieren, Zigaretten und Schnickschnack. Eine kleine Verpackungsschachtel für zerbrechliche Gegenstände beanspruchte fast den ganzen Platz des Couchtisches. Es stimmte, was über Gäste und Fische gesagt wurde, länger als drei Tage sollte ein Besuch nicht dauern.

Sie fiel in den Armsessel wie in einen Abgrund der Müdigkeit. Der scharfe Schmerz hinter ihrem Schulterblatt war wieder da.

Während der Samstag für das Einkaufen, Waschen und die Hausarbeit diente, war der Sonntag normalerweise für sie dazu da, sich richtig zu erholen. Der Anruf von Marias Mann am Vormittag traf ein, als sie gerade ein Bad nahm, und sie hatte Gabriel laut rufen müssen, damit er aufstand und das Telefon abnahm.

Gabriel hatte eben einen seiner eigenartigen Momente, er schien sie nicht wahrzunehmen. Sie fragte sich oft, ob er diese geistigen Abwesenheiten auch im Geschäft hatte, aber er mochte nicht über dieses Thema sprechen, und deshalb sprach sie ihn nie darauf an. Er musste im Lauf der Jahre deshalb Kunden verloren haben. Nach einer oder zwei Minuten erwachte er wie aus einer Trance und hielt ihr das Objekt hin. Es waren zwei Figuren, ein Knabe und ein Mädchen bei einer Wasserpumpe mit einem zerbrochenen Krug zu ihren Füssen. Die Einzelheiten waren in Blau auf weisses Porzellan gemalt. Die kleinen Hände des Mädchens lagen auf ihrem geschockten Gesicht, der Knabe beugte den Kopf.

«Es ist hübsch», sagte Beatrice. Normalerweise hatte sie keine Zeit für solch sentimentalen Tand, aber diese Statuette war eine andere Klasse. So zierlich gearbeitet, strahlte sie etwas aus, ein Gefühl, eine Zeit, einen Ort.

«Du kannst es behalten, Trix. Es ist nicht sehr wertvoll, die Leute wollten das sehr alte Delft. Aber dieses erinnerte mich an die Zeit, als wir Kinder Banon besuchten.»

«Ausser dass wir keine Kleider aus dem achtzehnten Jahrhundert trugen.»

«Nein, aber erinnere dich, wie wir Wasser von der Pumpe holten.»

«Ja, das stimmt, ich mag mich erinnern. An das aufregende Erlebnis, für Maman Eimer mit Wasser zu füllen.»

«Es ruft bei mir die damaligen Zeiten wach. Obwohl ich keine Ahnung habe, warum sie uns Wasser holen liess, wo es doch im Haus fliessendes Wasser gab.»

«Das weisst du nicht mehr? Wir flehten sie an, das tun zu dürfen. Weil wir alles so tun wollten, wie sie es als jung getan hatte. Oder vielleicht gilt das nur für mich. Du schlossest dich immer treu meinen Vorhaben an.»

Beatrice legte die Porzellanfigur auf ein Beistelltischchen. Vor ihrem inneren Auge konnte sie den Alkoven bei der Seitentür von Mamans altem Steinhaus sehen, wo Marc und sie im Sommer meist frühstückten. Jede Farbe rund um das Haus in Banon schien farbiger zu sein als anderswo, das Essen schmeckte besser, und die Luft war erfüllt von Blumenduft und vom Summen und Brummen von Insekten. Sie fühlte sich dort immer lebendiger, nicht nur wegen Marc.

Der Wasserkessel in der Küche begann zu pfeifen. «Danke, Gabriel, es gefällt mir. Tee?»

«Wenn du nichts dagegen hast, schenke ich mir einen Schnaps ein – von meinem eigenen Vorrat.»

Beatrice nickte und nahm ein Sherry-Glas für ihn aus der Vitrine. Der Pfeifton des Wasserkessels wurde schriller, und sie beschleunigte ihre Schritte Richtung Küche.

Während sie ihren Lindenblütentee machte, dachte sie an die alte Küche in Banon zurück, wo sie abends jeweils Tee für sich und Marc gebraut hatte. Sie verzichtete ihm zuliebe auf Alkohol, wenn sie zusammen waren. Sie brauchten nichts, um die Atmosphäre zu verbessern, sie kreierten ihre eigene Stimmung. Die Gestaltung ihrer Treffen zweimal jährlich war etwas ganz Besonderes. Niemand sonst konnte ihr Arrangement verstehen, ausser vielleicht Gabriel, der ungewöhnliche Liebesgeschichten zu schätzen wusste. Aber es gelang.

Sie war gut und gern um die vierzig, als sie Marc begegnete. Es war ihr erster Besuch in Banon nach dem Krieg gewesen, und er war vorbeigekommen, um das Buntglasfenster der Eingangstür zu ersetzen. Er fragte sie, ob sie das gleiche Muster oder etwas Neues möchte.

Die Frage führte zu einer Diskussion, welche Blumen sich am besten für Buntglas eigneten, und zuletzt landeten sie über ein Botanikbuch gebeugt am Küchentisch und schauten zuerst Blumen mit grossen Blüten an, zuletzt Obstbäume. Er nahm ein Glas Wasser an, und sie erzählte ihm, das Hause stehe zum Verkauf, falls er Interessenten kenne. Er bat um einen Rundgang und begutachtete alles mit seinen intelligenten braunen Augen. Er schaute etwas zu lange auf ihr Bett. Sie wollte nicht, dass er ging.

Marc war sehr zurückhaltend und respektvoll bei diesem Besuch, aber sie war sich sicher, dass sie in seinem warmen Blick und seiner Ruhe in ihrer Nähe etwas herausgespürt hatte. Sie fieberte vor Erwartung auf seine Rückkehr. Würde er eine Spur ihrer blühenden Fantasien sehen, wenn sie sich wieder in die Augen sähen?

Bei seinem zweiten Besuch enthüllte er die reparierte Glasscheibe und hielt sie gegen das Fenster, damit sie die Farben sehen konnte. Sie schaute auf das Gelb der Zitronen vor den grünen Blättern und dem Blau des Himmels. Sie stand in seiner Nähe und berührte die Bleiumrisse zwischen den Farben. Es war nicht nur Einbildung. Er spürte es auch. Er legte die Glasscheibe sorgfältig ab und wandte sich ihr zu. Ihre Geschichte begann.

Sie hätte es sich nie träumen lassen, dass dieser ruhige Fremde das Haus kaufen und dass es die Kulisse für die grösste Romanze ihres Lebens werden würde. Dennoch erlaubte sie sich zu häufige Besuche nicht, sie wollte die Sehnsucht, den Motor ihrer Beziehung, aufrechterhalten. Und weil Marc andere Frauen hatte. Das war etwas, was sie akzeptieren musste. Sonst war alles in ihrem Leben leichter und einfacher als zuvor, da sie sich auf ihre halbjährlichen Treffen freuen konnte.

Als Beatrice mit ihrem kleinen russischen Tablett ins Wohnzimmer zurückkam, war Gabriel daran, die Objekte wieder einzuwickeln und einzupacken. Beatrice nippte an ihrem Tee und bewunderte ihr Geschenk, die kleine Statue der zwei Kinder. Sie konnte sich Gabriel in diesem Alter klar vorstellen – mit Haar, das wie ein Besen aufstand, aufgekratzten Knien und heraushängendem Hemd. Er wollte ein Haustier, irgendeines, aber die Eltern sagten nein wegen der Arztpraxis unten in ihrer Villa. Deswegen verbrachte Gabriel viel Zeit damit, ein Bauernhaus zu planen und sich vorzustellen, dass er es eines Tages besitzen würde. Er führte endlose Listen der Tiere, die er haben würde, und machte Zeichnungen des Grundrisses. Er übte das Ganze unten im Garten, wo er sich eine eingebildete Menagerie hielt, mit einem Esel namens Hansi, zwei Ziegen, zwei Kaninchen und einer reizbaren Gans.

«Erinnerst du dich an Hansi?»

Er schaute sie, aus seinen Gedanken gerissen, verdutzt an.

«Hansi, den Esel? Du kannst ihn nicht vergessen haben.»

Gabriel neigte den Kopf und lachte lautlos. «Er war ein guter Esel, machte nie Probleme.»

«Er hielt auch die anderen unter Kontrolle.»

«Hansi hatte den Laden fest im Griff.»

«Zehn ist ein wunderbares Alter.» War nicht Esthers Sohn zehn Jahre alt? Esther hatte nur eine schlechte Fotografie von ihm, als er viel jünger war. Was für ein Leben hatte er auf dem Bauernhof? Dachte er sich nicht aus, wie es wäre, der Sohn eines Arztes in einem schönen, grossen Haus zu sein und jeden Tag viele Stunden spielen zu dürfen? Armes Kind, er würde nicht einmal wissen, dass es ein solches Leben gab. Um ehrlich zu sein, Beatrice hatte nie zuvor über Ruedi nachgedacht. Sie hielt ihre Hände vors Gesicht, aufgewühlt.

«Was ist los, Trix? Du wirst doch in deinem Alter nicht etwa sentimental werden?»

Sie konnte die ineinandergreifenden Verbindungen in ihrem Gehirn wie den Mechanismus einer Uhr geradezu sehen. «Haben wir eine schöne Kindheit gehabt?»

«Was für eine Frage.»

«Sag mir einfach, was du denkst.»

Gabriel kreuzte die Beine und lehnte sich ins Sofa zurück. «Wir hatten. Ich war Mutters Liebling und du der Liebling von Vater. Es war fair. Und wir wünschten uns keine materiellen Dinge. Skifahren im Winter, das Chalet im Sommer, dein Jahr in Montpellier und meines in Berlin. Eigentlich eine gute Ausbildung.»

«Sie liebten uns, oder?»

«Auf ihre Weise, natürlich taten sie dies.»

Beatrice wärmte die Hände an ihrer Teetasse und schaute die Familienfotos an, die in silbernen Rahmen über dem Büffet hingen. Sie kannte sie alle auswendig, Studioporträts, Picknicks, Bergwanderungen, Feste.

«Habe ich dir je von der jungen Frau im Spital erzählt, der Putzfrau, deren Kind bei einer Pflegefamilie ist?»

Gabriel runzelte die Stirn und rieb sich im Gesicht. «Ist das diejenige, die du im Gefängnis betreut hast?»

«Ja, sie hat viel gelitten. Wie die meisten Frauen in den Anstalten Hindelbank war sie wirklich wegen ihrer Armut dort. Sie war allein mit ihrem Baby und brachte sich nicht durch.»

«Das ist in ihrem Fall traurig, aber persönliche Verantwortung kommt auch ins Spiel.»

Beatrices freie Hand krampfte sich um die Armlehne. «Das denken die Leute. Auch ich habe das gedacht. Aber eigentlich geht es um Geld. Die Schweiz ist ein sehr kalter Ort für eine Frau, die versucht, ihr Kind ohne Hilfe der Familie aufzuziehen.»

«Es ist auch kein warmer Platz für einen wie mich.»

«Du kannst es nachempfinden.»

«Versuchst du mir einzureden, ich sei gleich wie eine gewöhnliche Kriminelle?» Er schob die Leintücher weg, als wäre seine eigene Unordentlichkeit plötzlich unerträglich.

«Es geht nicht um dich, Gabriel, kein Grund, so empfindlich zu sein. Ich versuche, dir von Esther und ihrem Sohn Ruedi zu erzählen.»

«Entschuldige, ich wollte nicht empfindlich sein, aber es ist alles andere als einfach für einen Mann meiner Art. Du kannst den Stress nicht verstehen. Ich wähle sorgfältig aus, wie und wann und mit wem ...»

Beatrice schnappte mit den Händen, als möchte sie ihn wegscheuchen. «Gabriel, ich will es nicht wissen. Das geht nur dich was an.»

«Also gut. Du willst es nicht wissen. Wie leichtsinnig von mir, es zu vergessen.» Er kreuzte die Arme und schaute zur Pflanze in der Ecke hin.

«Genau das ist es! Es dreht sich alles nur um unsere eigenen Sorgen – du mit deinem Lebenswandel, ich mit meinem Frauenstimmrecht – und wir vergessen, darüber hinauszublicken.»

«Inwiefern?» Er vermied ihren Blick immer noch.

«Ich meine, vielleicht kann ich die Situation der Frauen in der Schweiz nicht ändern, oder du wirst nie eine Beziehung in der

Öffentlichkeit führen können, aber was können wir in einem kleineren Massstab machen? Können wir das Leben von jemandem verbessern?»

«Mir kommt es vor, als wäre ich an einem Sonntag im Münster und würde dem Pfarrer zuhören. Worum geht es dir eigentlich?»

«Gut, lass uns das Thema wechseln. Lass uns über Papis Chalet reden.»

«Nein, das macht nur Kopfweh.»

«Ja, nicht wahr? Ich habe dir in den letzten Jahren den ganzen Ärger überlassen.»

Er zuckte halbwegs besänftigt die Achseln. «Stimmt, es gab verschiedene Dinge abzuklären, das hört nie auf. Das Dach, die Feuchtigkeit, kaputte Zäune. Planst du, es diesen Sommer zu benützen?»

«Vielleicht eine oder zwei Wochen. Und du?»

«Möglicherweise. Aber ich will auf eine Einkaufstour nach Österreich. Ich kann den Laden nicht zu lange allein lassen. Das Chalet ist schön im Sommer, ein wenig zu nahe am Dorf, aber sonst perfekt.»

«Wir haben dort glückliche Zeiten erlebt. Es ist der einzige Ort, wo Papi sich wirklich erholen konnte. Zurück zu den Wurzeln.»

Er drehte sich erneut zu ihr um. «Maman ihrerseits war am glücklichsten in Banon. Es scheint, wir pendelten viele Jahre zwischen diesen beiden ländlichen Idyllen auf den Spuren der Erinnerungen. Merkwürdig, wenn man sich dessen bewusst wird. Aber für mich ists jederzeit die Stadt.»

«Hast du irgendwelche Angebote für das Chalet bekommen?»

Seine Augen wurden um ein Grad schmaler, und er neigte sich zu ihr. «Nur das ständige Angebot von Furter, das, wie wir uns einig waren, lachhaft ist.»

«In der Tat, und Papi könnte es nicht ausstehen, dass diese Familie das Chalet in die Hände bekommt.»

«Worauf willst du hinaus, Beatrice?»

«Ich habe so meine Gedanken.»

«Könntest du etwas genauer sein?»

«Weisst du, kürzlich stand ein Bericht im ‹Bund› über das älteste

Holzhaus der Schweiz. Hast du es gesehen?»

«Ich bekomme den ‹Bund› nicht. Das Leben ist zu kurz.»

«Aha, du bist komisch. Nun, es ist das Nideröst Haus und steht in Schwyz. Es wurde 1176 gebaut. Kannst du dir vorstellen, dass ein Haus nach so vielen Jahrhunderten immer noch dasteht? Zudem ist es nicht so anders als die normalen Häuser, die man überall sieht.»

«Machen wir uns bereit für einen Quiz über Allgemeinwissen?»

«Ich merke, dass du mich nicht länger mit Samthandschuhen anfasst. Das ist gut. Wie ich sagte, besitzt die Schweiz eine Menge der ältesten Holzhäuser Europas, und der Grund, dass sie überlebt haben, ist, laut Experten, weil die Leute immer noch in ihnen wohnen. Weniger Kriege und Katastrophen helfen zwar auch, aber das Wichtigste für den Erhalt eines Hauses ist, dass Leute darin wohnen, die im Sommer die Fenster öffnen und im Winter heizen. Macht das nicht Sinn?»

«Doch, das ist gesunder Menschenverstand.»

Beatrice lehnte sich zurück, liess ihre Hände in den Schoss fallen und nickte zufrieden.

Gabriel gähnte und streckte seine bestrumpften Beine. «Ich muss morgen früh aus den Federn. Sollen wir den Laden schliessen?»

Es war auf einmal alles so klar in ihrem Kopf, eine fixfertige Idee. «Ich bin noch nicht ganz fertig. Hör mal, ich habe einen Vorschlag. Das Chalet gehört uns beiden, und elf Monate lang ist es leer. Stimmst du mir zu? Es befindet sich in der Nähe des Dorfes, wo es eine Schule und ein Hotel und eine ganze Menge Geschäfte hat, wenn man es bedenkt.»

Sie konnte zusehen, wie es ihm dämmerte. «Geht es um deinen Schützling?»

«Ja. Nur habe ich sie nicht sehr gut beschützt. Ich habe sie zu Geduld und Vorsicht ermahnt und sie genötigt, zu warten, bis sie in einer besseren Situation sei, um den Buben zurückzuverlangen. Das ist eine Qual für sie, und sie hat versucht, mir das zu sagen. Aber die Wahrheit ist, dass sie immer kämpfen wird, um ein Dach über dem Kopf zu haben. Im besten Fall wird sie in der Lage sein, sich ein Zimmer zu leisten, und das würde angesichts von Ruedis Alter gegen sie verwendet. Sie braucht ein sicheres Heim – und wir haben ein leeres Haus.»

«Aber Trix, so einfach ist es nicht!»

«Warum nicht? Warum ist es nicht so einfach? Ich war mit Leib und Seele bei dieser dem Untergang geweihten Abstimmungskampagne dabei und habe nichts vorzuweisen.» Ihre Stimme wurde bewegt, und sie machte eine Pause, um die Kontrolle wiederzuerlangen. «Ich habe es satt und bin es müde, mich derart hoffnungslos zu fühlen. Ich will etwas tun. Ich will etwas verändern. Wir könnten etwas verändern.»

«Es könnte sein, dass sie einem solchen Plan nicht zustimmt.» Er hielt seine Finger an die Schläfe.

«Das könnte sein. Aber er wird in fünf Jahren kein Kind mehr sein, und sie wird ihre Chance, ihn zu lieben, verpasst haben. Wir müssen nicht zuschauen und nichts tun.»

«Und was ist mit unseren Wanderungen auf den Weissenberg?» Gabriels Stimme nahm einen gereizten Ton an.

«Wir können immer noch wandern, wenn wir pensioniert sind. Das wird früh genug der Fall sein. Vielleicht könnten wir sogar weiterhin kurze Aufenthalte im Chalet machen.»

«Das ist eine unrealistische Hoffnung, Schwesterherz. Du kannst nicht einfach mit den Fingern schnippen und Mutter und Sohn wieder zusammenführen. Da gibt es behördliche Verfahren. Wovon will sie leben?»

«Sie wird eine Wohnadresse haben, das ist der Schlüssel zu allem. Ich bin sicher, sie wird imstande sein, Putzarbeit zu finden oder sie wird Kinder hüten, Wäsche machen, irgendetwas. Sie kann sagen, sie sei Witwe.»

Er beugte sich zu ihr hin. «Du läufst vor dir selbst weg!»

Beatrice streckte den Rücken und atmete tief. Sie wollte sich von ihm nicht verunsichern lassen. «Es ist eine Idee, eine, die funktionieren könnte. Es ist den Versuch wert, du kannst das bestimmt auch sehen. Wir können den beiden eine Brücke zu einem besseren Leben bauen. Was, wenn du das Schicksal eines jungen Mannes, wie du es warst, ändern könntest? Wenn du ihn vor den Schwierigkeiten, die du überwinden musstest, bewahren könntest? Du würdest es tun, oder?»

«Du bist etwas gereizt wegen den heutigen Ereignissen, du hast ein Glas Wein zu viel getrunken. Erwarte nicht, dass ich dir nachlaufe, wenn du eine verrückte Idee im Kopf hast. Ich bin nicht länger dein kleiner Schatten, der dir ums Chalet herum folgt, um für dich giftige Beeren auszuprobieren.»

«Das ist nur ein einziges Mal passiert.» Beatrice richtete ihre Augen himmelwärts. «Aber es machte Spass, oder etwa nicht? Ist es nicht wunderbar sich vorzustellen, wie ein Kind diese Pfade und Spuren wieder entdeckt, den hinteren Wald, die Holzbrücke über den Fluss?»

«Du malst da ein hübsches Bild, aber diese Leute würden nicht Ferien machen. Es würde viel Arbeit bedeuten, dort zu leben und zudem sehr langweilig sein, stelle ich mir vor. Wie auch immer, ich werde überrascht sein, wenn du dieses Hirngespinst morgen immer noch weiterverfolgen willst.»

Beatrice gab zu, dass es Zeit war, schlafen zu gehen. Sie wollte nichts erzwingen, bevor sie nicht nochmals näher darüber nachgedacht und ein besseres Argument ausgearbeitet hatte. Aber es war nicht eine unrealistische Hoffnung, wie Gäbu gesagt hatte. Es war eine Tat, die in Reichweite lag. Etwas Reales und Richtiges. Ein Normalbürger würde keine Lust haben, die Mühe der Überzeugung auf sich zu nehmen, um die Idee umzusetzen. Sie war nicht Durchschnitt.

Sie verliess Gabriel, damit er sein Bett auf dem Sofa machen konnte, und ging voraus ins Badezimmer. Dort knüpfte sie ein Tuch um ihr Haar und entfernte ihr Make-up. Ungeschminkt und ohne passende Frisur war sie nicht gerade zufrieden mit ihrem Aussehen und diesen hässlichen Tränensäcken. Seit wann war ihre Nase so markant? Blöd, das wichtig zu nehmen. Es war der Gesamteindruck, der zählte, und das Publikum. Beatrice wusste, wie sie das Beste aus sich herausholen konnte, das hatte sie Maman abgeschaut. Sie drehte einige Lockenwickler ein.

Esther war immer noch eine schöne junge Frau, trotz ihrer Probleme. Erstaunlich, dass sie keinen Mann als Beschützer gefunden hatte. Vermutlich waren alle verheiratet oder zu feige, sich mit jemandem in ihrer Lage einzulassen. Oder Esther war nicht interessiert. Beatrice zog diese Erklärung vor.

Sie wünschte Gabriel durch die Tür eine gute Nacht und zog sich in ihr eigenes Schlafzimmer zurück. Sie schlüpfte in ihre wollene Bettjacke und in Bettsocken und nahm ihr Notizbuch und einen Kugelschreiber aus dem Nachttischchen. Sie führte kein regelmässiges Tagebuch, hatte aber immer ein Notizbuch bereit, um ihre Gedanken und Pläne, ab und zu ein Gedicht, aufzuschreiben. Der heutige Tag musste schriftlich festgehalten werden.

Abstimmungstag, setzte sie oben auf eine neue Seite.

Worauf habe ich mich am meisten gefreut? Nicht auf das erste Gefühl von Erleichterung, vermischt mit Euphorie. Das wäre schön gewesen, aber es war die Anerkennung, nach der ich mich so intensiv sehnte: Ich erwartete, dass sie uns sagen würden: Das ist auch euer Land. Etwas Konkretes in der Hand haben.

Wenn Männer sagen «von Mann zu Mann», bedeutet das, seinesgleichen zu seinesgleichen. Einbezogen zu werden. Nicht immer nur das zweite Geschlecht, das Anhängsel.

Ich dachte, ich sei vorher wütend gewesen. Jetzt weiss ich, wie wütend ich bin. So sehr ich mir den Sieg wünschte, wollte ich auch, dass sie eine Niederlage erleiden würden. Nicht alle. Vergib ihnen, Vater, denn sie wissen nicht, was sie tun. Aber jenen, die gut wissen, was sie tun und es härter und gemeiner tun, nur weil sie es können. Um diese Männer und Frauen entblösst und gedemütigt zu sehen, für immer und ewig im Unrecht. Das ist ein Mob, dem ich gern beigetreten wäre.

Aber es wird keinen solchen geben. Tränen müssen abgewischt und Wut runtergeschluckt werden.

Gabriel hustete im Zimmer nebenan. Die Wohnung würde morgen gut gelüftet werden müssen.

Sie las ihre Sätze durch, die hochtrabend und voller Selbstmitleid zugleich zu sein schienen. Keine gute Mischung. Es war gut, dass sie nur für sich schrieb. Sie erinnerte sich an das Treffen letztes Jahr mit ihrer alten Schulfreundin Agnes, bei Kaffee und Kuchen, und wie sie den Fehler begangen hatte, aufs Thema Frauenstimmrecht abzuschweifen. Es war eine Katastrophe gewesen.

Alles ist in deinem Kopf, hatte Agnes gesagt. Ob das Stimmrecht kommt oder nicht, wird unser Leben kein bisschen verändern. Wir haben alle unseren Weg gewählt und lernen, damit zufrieden zu sein. Warum könnt ihr Frauenrechtlerinnen euch nicht begnügen mit dem, was ihr habt, und uns Hausfrauen in Ruhe lassen? Mein Leben ist kein Wunschkonzert, aber ich möchte nicht Platz tauschen mit meinem Albert, der den ganzen Tag hinter einem Pult sitzt.

Sie machte weiter mit einer Abgedroschenheit nach der andern. Jedem das Seine. Leben und leben lassen ... Beatrice realisierte, dass Agnes ihren Aktivismus nicht nur verabscheute, sondern sie dafür bemitleidete. Nach dieser Begegnung hatte Beatrice mehrere Nächte kaum geschlafen und die perfekte Rede entworfen und mehrmals umformuliert, um Agnes und ihresgleichen damit zu überzeugen.

Sie griff wieder zu ihrem Kugelschreiber.

Wenn ich mir das Treffen mit Agnes im letzten Jahr ins Gedächtnis zurückrufe, könnte auch ich einen Albert haben. Zu einer gewissen Zeit gab es genügend Kandidaten, die anstanden. Ich bin eine gute Köchin und kann zuhören. Ich hätte Herrenhemden und Socken waschen und einmal wöchentlich die eine oder andere Stellung im Bett einnehmen können. Doch eine Ehe schien mir immer ein Punkt, von dem aus es keine Rückkehr gibt. Sie wird durchgehalten, wohin du auch schaust. Und ich sehe keinen Reiz darin.

Beatrice hatte das Thema Kinder vergessen. Sie mochte darüber nicht schreiben. Sie schaute sich im Schlafzimmer herum, in dem die Möbel aus Kirschbaum im Lampenschein eine gemütliche Atmosphäre verbreiteten. Ich bin zufrieden, sagte sie laut zu sich, Agnes irrt sich.

Am Abstimmungstag über Heirat zu schreiben – wie schwach das wirkte. Ich bin tief betrübt, dachte sie. Die Gefühle überwältigten sie plötzlich, und sie hielt ihr Taschentuch an die Augen. Komisch, wie wahr etwas wird, wenn man es ausspricht. Kann man zufrieden und tief betrübt zugleich sein, im gleichen Bett in derselben Nacht? Offensichtlich.

Beatrice wusste, dass sie vieles auf einmal war. Sie schätzte das, was sie hatte, aber sie war eine unruhige Seele. Das war auch ein Geschenk. Es hatte sie aus dem warmen Nest herausgestossen, um sich in Betriebswirtschaft zu qualifizieren. Kein einfacher Sekretärinnenkurs kam für sie in Frage. Es hatte sie dazu gedrängt, Liebe anzunehmen, aber sich nicht fest zu binden. Es liess sie zwanzig Kilometer in einem Tag zu ihrem Vergnügen wandern.

Und als Nächstes würde es sie dazu bringen, für Esther und Ruedi ein Heim zu sichern, weil sie endlich realisiert hatte, dass es das Richtige und Beste war, was sie jetzt tun konnte. Es war eine Therapie für alles, was sie auf der Seite im Notizbuch, die vor ihr lag, geschrieben hatte. Gabriel würde einsehen, dass es keine vorübergehende Laune war.

Wenn es heisst, selbst ist der Mann, wirkt selbst ist die Frau genauso gut.

Beatrice begann auf der gegenüberliegenden Seite des Notizbuchs die einzelnen Schritte ihres neuen Planes aufzulisten. Die Worte flossen ihr leicht übers Papier.

Ein Jahr später

Ruedi bringt es nicht über sich, das Wort Mami auszusprechen. Das Wort ist zwar da in seinem Kopf, aber es findet den Weg hinaus nicht. Mutter zu sagen, das geht, und sie versteht es. Sie versteht viele Dinge von ihm.

Umarmungen erträgt er nicht, doch er hat nichts dagegen, wenn sie ihm auf die Schulter klopft oder, wenn er müde ist, ihm sogar übers Haar streicht. Einmal, als er krank war, musste sie sein Gesicht häufig mit einem Lappen berühren, und das fühlte sich gut an.

Mutters Name ist Esther. Er wusste das vorher nicht. Es ist ein feiner Name, und sie ist schöner als alle anderen Mütter im Dorf. Er mag ihre Stimme und wie sie lacht und ihre Lieder. Wenn sie singt, kommen ihm Szenen in den Sinn, manchmal sieht er nur eine Ecke eines Zimmers oder wie Sonnenstrahlen, die durch das Fenster dringen, auf dem Boden ein Muster bilden. Es sind nicht wirklich Erinnerungen.

Die wirklichen Erinnerungen versucht er zu vergessen. Das geht ganz gut, weil man frühere Tage verdrängen kann, wenn die neuen voller neuer Orte und Gesichter sind und der Lehrer dir erlaubt, Bücher aus der Schule nachhause zu nehmen. Manchmal lesen sie zusammen am Tisch. Sie ist etwas schneller als er, lässt sich jedoch nichts anmerken, sondern wartet, bis er die Seite umblättert.

Das ist eine schlechte Idee heute. Er versuchte, es Mutter zu erklären, aber ihr Herz hängt an diesen Besuchern. Sie hatte auf alles eine Antwort, und es scheint, als hätte sie vergessen, dass man mit Leuten vorsichtig sein muss.

Was, wenn die alte Dame sie im Haus sieht und ihre Meinung ändert? Mutter sagt, sie sei schon mehr als einmal hier gewesen und sei froh, dass sie sich so gut um den Ort kümmern. Und sag nicht alte Dame, sondern Fräulein Vogelsang zu ihr.

Und was, wenn Frau Sutter wieder Hilfe auf dem Hof braucht?

Du bist nicht mehr verfügbar, weil du jetzt mein Helfer bist, fand Mutter, und er mochte die Art, wie sie das sagte.

Die Einzige, die er wirklich sehen will, ist Margrit. Mutter meinte, sie werde ihm vermutlich ein Geburtstagsgeschenk bringen, doch er solle sich keine zu grossen Hoffnungen machen.

Er half Mutter, den Tisch hinauszustellen, und sie borgten sich einige Stühle von Riedos. Frau Riedo gab Mutter ein Tischtuch für diesen Tag, und deshalb glänzten ihre Augen auf dem Heimweg.

Heute würde er nur genau das machen, was sie ihm befahl, und nichts weiter, beschloss er. Er bekommt nun so viele Anweisungen, dass er denkt, sie habe seinen Protest nicht bemerkt: Trag den Tisch hinaus. Pflück Kirschen. Pflück einige Blumen. Stell die Gläser hinaus, Putz das Fenster noch einmal von innen. Bring ein Kissen für Fräulein Vogelsangs Stuhl. Geh und kauf ein Paket Zucker. Geh zurück und kauf Butter. Und die ganze Zeit backt sie Kuchen und macht Sandwiches und putzt, und ihre Wangen werden rot und röter.

Jetzt schaut er auf die Strasse und kann die Kurven bis hinunter zur Kirche sehen. Er kennt alle Häuser zwischen hier und dort. Das Schönste jeden Tag ist, wenn er von der Schule mittags mit den andern heimspaziert, und die Kinder gehen, eins nach dem andern, in ihre Häuser und sagen, bis später. Und dann sind sie nur noch zu zweit, er und Rösli, die weiter oben wohnt, und er verabschiedet sich bei seinem Haus, und es scheint, als wären sie beide gleich. Wenn Mutter nicht zuhause ist, lässt sie ihm etwas auf dem Tisch.

Die Sonne glitzert auf einem schwarzen Dach unten in der Meuwly-Kurve. Das müssen sie sein. Mutter sagte, sie würden in einem Auto kommen. Er ruft ihr. Der Wagen kommt am Haus des Sattlers vorbei. Ruedi beginnt auf einmal sein Ding mit dem zu schnellen Atmen, und er möchte wegrennen. Das Auto gleitet bereits an der unteren Weide vorbei, und er hält sich an der nächsten Stuhllehne fest und ruft ihr nochmals. Sie kommt und legt ihre Hand auf seine Schulter und redet ihm sanft und behutsam zu, wie man mit einem Fohlen spricht.

«Keine Sorge, keine Sorge, es wird alles gutgehen. Ich werde das Reden übernehmen, Ruedi, und du wirst mein Helfer sein. Wie jeden Tag.» Sein Atem wird ruhiger, während sie seine Schulter reibt und ihm etwas zuraunt. Das Letzte, was sie zu ihm sagt, bevor der Wagen in den Hof einfährt, ist, dass sie stolz auf ihn sei, so dass er, als Frau Sutter in ihren Sonntagskleidern aussteigt, herzlich lächelt. Sie macht ein überraschtes Gesicht und lächelt zurück.

Nach vielem Händeschütteln fährt Herr Sutter zurück zur Station, um Fräulein Vogelsang abzuholen, und Ruedi bleibt allein mit Margrit, während Mutter und Frau Sutter sich über ihre Sahnekuchen-Rezepte austauschen.

Margrit trägt ein rundes Paket, in braunes Papier eingewickelt, unter dem Arm. Sie stellt es bei der Eingangstür ab und schaut den Hügel hinunter gegen das Dorf, ihre Augen vor der frühen Sommersonne schützend. Während sie die Aussicht bewundert, versucht er, sich nicht nach dem Paket zu erkundigen. Vielleicht ist sie damit zu einem anderen Ort unterwegs. Er ist nicht sicher, dass es für ihn ist. Oder es ist etwas anderes in Form eines Balls? Nur ein Ball sieht jedoch aus wie ein Ball. Stell dir vor, du kämst mit deinem eigenen Ball in die Schule. Stell dir vor, dieser Bub zu sein.

«Das Geburtstagskind träumt am helllichten Tag.» Sie schaut ihn freundlich an. «Mach nicht so ein schuldbewusstes Gesicht», lacht sie. Das Gebimmel von Kuhglocken ertönt von den oberen Weiden herab und scheint ihr Lachen klangvoller zu machen. «Dieser Ort könnte mich beinahe dazu bringen, wieder auf dem Land wohnen zu wollen, beinahe, aber nicht ganz. Gefällt es dir hier?»

Er nickt.

«Weisst du, dass ich jetzt bei der SBB in Bern arbeite? Ich bin zuständig für alle Züge.» Nochmals ein Lachen. «Du solltest dein Gesicht sehen, Ruedi. Nein, ernsthaft, ich arbeite an den Fahrplänen. Vielleicht werden wir eines Tages Kollegen sein.»

Wellen von Glück durchströmen ihn. Vielleicht wird es heute gar nicht so schlimm. Mutter bat ihn, Margrit herumzuführen. Sie wartet, dass er etwas sagt, aber was gibt es zu sagen?

«Was soll ich dir zeigen?», fragt er.

«Ich weiss nicht. Etwas Besonderes», sagt sie. Ihre Lippen sind rot wie reife Kirschen.

Hinter dem Haus hat es eine eingezäunte Stelle, die voller Unkraut war, als sie im September hierherkamen. Zusammen haben sie ein kleines Beet der Pracht gemacht, wie es Mutter nennt. Es ist jetzt in seinem besten, ordentlichsten Zustand mit all den Reihen junger Pflanzen, bereit, in die Breite und Höhe zu wachsen – Kartoffeln, Salat, Stangenbohnen, Kohl, Karotten. Die Farben der Blumen am Rand sind die tiefsten, reichsten, die Mutter finden konnte.

Ruedi beginnt zu reden, zählt Margrit die Namen all der guten Dinge auf, die sie gesät haben, all der guten Dinge, die kommen werden.

FRAUENSTIMMRECHT

NEIN

PARTEI

PARTEI

PARTEI

Basler Frauenkomitee
gegen das Frauenstimmrecht
Postfach 58 Basel 11

© Unbekannt, 1959, Frauenstimmrecht Nein – Partei
Foto: Museum für Gestaltung Zürich, Plakatsammlung, ZHdK

© Unbekannt, 1946, Pour le suffrage féminin votez oui – 31 janivier - 1er février
Foto: Museum für Gestaltung Zürich, Plakatsammlung, ZHdK

© Doris Gisler-Truog, Den Frauen zuliebe, ein männliches Ja, 13./14. September 1969 / Zürcher Frauenzentrale
Foto: Schweizerische Nationalbibliothek, Graphische Sammlung: Plakatsammlung
Mit der Genehmigung von Doris Gisler-Truog

Lasst uns aus dem Spiel !

Frauenstimmrecht
Nein

Abänderung des Gesetzes über das Gemeindewesen im Kanton Bern
Aktionskomitee gegen das Frauenstimmrecht

Dank

Die Idee für dieses Buch entstand vor einem Jahr auf einem Wald-spaziergang, aber die ursprüngliche Inspiration kam mir beim Über-setzen von Texten der Schweizer Feministinnen-Ikone Iris von Roten, die 1958 mit ihrem Buch «Frauen im Laufgitter» eine wegweisende, präzise Analyse der Schweizer Gesellschaft der 1950er-Jahre vorlegte.

Ich bin vielen älteren Menschen dankbar, die mir offen ihre Er-lebnisse der Marginalisierung während dieser Ära in der Schweiz anvertraut haben. Ihre Aufrichtigkeit hat mir geholfen zu verstehen, wie sie mit komplexen und herausfordernden Umständen zurecht-kamen und was sie dabei empfanden.

Ich begann diese Geschichte mit dem Wunsch, Schweizer Leserin-nen und Leser zu erreichen, ohne genau zu wissen, wie ich dies zu-stande bringen könnte. Mein besonderer Dank geht an Yvar Riedo, CEO der Fundraising Company Fribourg AG, der die Vision hatte, das Buch in den Landessprachen zu veröffentlichen und die Verpflich-tung übernahm, das Projekt durchzuziehen. Yvar, Stefanie Schwaller, Sina Bühler und das ganze Team der Fundraising Company sind bei diesem Abenteuer wunderbare Verbündete gewesen.

Ohne die ständige Ermutigung von Barbara Traber, die meinen Text ins Deutsche übersetzt hat, wäre ich nie so weit gekommen. Ich bin auch für den grossen Einsatz und das Geschick von Corinne Verdan-Moser bei der Übersetzung ins Französische und von Anna Rusconi bei der Übertragung ins Italienische äusserst dankbar.

Dem Manuskript zugutegekommen ist der fachliche Input von Kim Hays, Sheila O'Higgins, Helen Baggot, Fred Kurer, Jennifer O'Dea, Peter Hanly, Agnès Forbat, Manuela Waeber und Thomas Schmid. Ich bedanke mich ebenfalls bei meinen in der Schweiz lebenden Schriftstellerfreundinnen Tara McLaughlin Giroud, Alison Anderson, Michelle Bailat-Jones und bei Padraig Rooney für ihre Unterstützung.

Ein herzlicher Dank gebührt meiner erweiterten Schweizer Familie, besonders Paul, Ruth, Daniel, Isobel, Christine und Agnes Zbinden. Míle buíochas an meine irische Familie, Helen, Ruth, meine Mutter,

Máire, Thomas, Dirk und alle Cousinen und Cousins. Schliesslich bedanke ich mich von ganzem Herzen bei meinem Mann Thomas und meinen Töchtern Maeve, Ciara und Ashley, die mir immer am treusten und geduldigsten zur Seite stehen.

An meine
Crowdfunding-Unterstützer*innen

Ein besonderer Dank geht an all jene, die durch ihre Unterstützung der Crowdfunding-Kampagne auf wemakeit.com dieses Buch unterstützt haben. Es war eine grosse Herausforderung für mich und ich freue mich, dass ihr alle eine für mich so positive Erfahrung daraus gemacht habt. Die Anerkennung, die ich dadurch erfahren durfte, beweist, dass es sich manchmal lohnen kann, die eigene Komfortzone zu verlassen. Dafür, dass ihr für mich da wart, als es darauf ankam: Danke, merci, grazie, thank you.

Stellvertretend dafür will ich mich ganz besonders bedanken bei Sonya Schwaller, Peter Kaeser, Joe O'Dea und burriplus immobilientreuhand.

Clare O'Dea

Die Schweiz ist langweilig? Reich? Vollkommen demokratisch?

In «Die wahre Schweiz» geht die Journalistin Clare O'Dea den positiven wie negativen Stereotypen des Landes nach, um ein differenziertes und kontrastreiches Porträt zu erstellen. Dank ihrer Kenntnisse über die Schweiz und ihres kritischen Verstands offenbart Clare O'Dea ein Land, das vielfältiger und komplexer ist, als es scheint. Damit bietet dieses Buch Lesern aus der Schweiz und aller Welt die Möglichkeit, das Land neu zu betrachten.

HELVETIQ Ü.: Bianka Kraus / 276 Seiten

«Die Schweiz ist oft zu perfekt, um wahr zu sein. Clare O'Dea beobachtet in diesem spannenden Buch, wie die Schweiz funktioniert»

Ralph Atkins, Financial Times